Sandra Windges

AF216659

Nikolaus ist futsch

1. Auflage, November 2018

Lektorat & Buchsatz & Cover: Agentur Textkorrektur
Verlag & Druck: BoD – Books on Demand GmbH,
In de Tarpen 42, 22848 Norderstedt

ISBN: 978-3-74818-166-8

Bibliografische Information der Deutschen Nationalbibliothek:
Die Deutsche Nationalbibliothek verzeichnet diese Publikation in
der Deutschen Nationalbibliografie; detaillierte bibliografische Da-
ten sind im Internet über http://dnb.dnb.de abrufbar.

1

Dezember

Sie schlägt die Augen auf. Der erste Tag nach DEM Tag. The day after. Ohne Atompilz.

Mühsam erhebt sie sich, schlurft in die Küche und löffelt Kaffeepulver in die kleine Cafetiere. Stellt den Herd an.

Schlurft ins Bad.

Die große Cafetiere war einer ihrer Weihnachtswünsche. Doch die braucht es nun nicht mehr.

Als sie aus dem Bad kommt, kocht das Wasser. Kurz darauf steht sie mit der Kaffeetasse in der Hand am Fenster und blickt in einen heraufgrauenden Restnovembertag. Heute ist Herbst. Morgen sollen die Temperaturen fallen und erste Nachtfröste Einzug halten. Auf der gegenüberliegenden Straßenseite sieht sie ihren Nachbarn, der im Erdgeschoss wohnt. Er führt seinen Hund Gassi. Ein großer Mischlingsköter mit leicht zotteligem Fell ist er. Sein Herrchen irgendwie auch. Zotteliges, blondgraues Haar, Bart, Tattoos. Einen Kopf größer als sie, etwas kräftig gebaut. Also kurz vor dick. Brummt immer einen Gruß, wenn sie einander begegnen, und bastelt an seinem Motorrad, Fahrrad oder an Fliwatüts herum.

Sie geht ins Schlafzimmer und legt sich wieder ins Bett. Für heute hat sie sich krankgemeldet, einen Magen-Darm-Infekt vorgeschoben. Für Trennungsschmerz gibt es kein Verständnis. Durchfall versteht jeder. Essen kann sie sowieso nichts. Der Magen ist blockiert. Der Körper schmerzt. In ihrem Herzen zieht der Wind durch einen großen Riss.

Sie hört, wie ihr Nachbar und sein Hund in den Hausflur poltern. „Aus, Nikolaus! Pfui!" Das Geräusch des sich im Schloss drehenden Schlüssels und des Türschließens.

Ihr Handy klingelt und der Schreck zuckt in ihre tauben Glieder. Sollte er …?

Natürlich ist er es nicht. Wer per WhatsApp eine zweijährige Beziehung beendet, ruft nicht im Nachhinein an und liefert Erklärungen. Oder gar Entschuldigungen.

Und was sollte das noch bringen? Aus ist aus.

Das Handy hat aufgehört zu klingeln. Sie wird Pia später zurückrufen. Noch weiß niemand, was geschehen ist. Sie fürchtet sich vor den Reaktionen. Vor dem Mitleid. Und vor dem „Hab ich es doch gewusst". Und auch vor dem „Er hat dir nie gutgetan".

Sie will es nicht hören, weil es stimmt.

Bis gestern hatte sie Hoffnung. Dass sie es schaffen werden. Dass sie trotz aller Streitereien eine Zukunft haben werden. Sie hatten Pläne entworfen für Weihnachten. Für die nächsten Jahre.

Nun hat er eine andere Zukunft. Mit einer jüngeren Frau. Sicher kann sie noch Kinder bekommen. Er hat immer vorgegeben, dass es für ihn in Ordnung sei, ohne Kind. Sie selbst ist aus dem Alter heraus. Über vierzig noch schwanger zu werden, ist risikoreich. In ihrer Familie gab es viele Fehlgeburten, sie selbst hat eine hinter sich, damals, lange her, in einer anderen Beziehung, die darüber zerbrochen war.

Ihr Handy verkündet eine WhatsApp-Nachricht. Von Pia:

„Hey Alice, alles gut bei dir? Bist du morgen dabei? Wir treffen uns um fünf am Glühweinstand. Knutscher!"

Wie soll sie es schaffen, zum Weihnachtsmarkt zu gehen? All die Menschen, all die Paare. Am Ende sieht sie ihn noch. Mit IHR!

Der Tag vergeht. Sie liegt im Bett und kann sich kaum rühren. Die Straßenlaternen werfen bereits ihr Licht durchs Fenster. Sie rollt sich auf die Seite.

Ob er gerade mit ihr zusammen ist?

Was denkst du denn?, fragt sie sich selbst. *Natürlich ist er mit ihr zusammen, die beiden sind frisch verliebt. Überlege doch mal, wie verliebt ihr am Anfang wart, da wolltet ihr jede Minute miteinander verbringen. Das ist keine Garantie für nichts*, stellt sie jetzt fest. Er muss seine Neue schließlich auch schon länger gekannt haben. Wie lange mag er sie bereits betrogen haben? Es sei „noch nichts Sexuelles geschehen", hatte er geschrieben. Er sei so verliebt. Sie beide hätten keine Chance. Sie, die andere, sei DIE Frau für ihn. Seine ganz große Liebe. Wahrscheinlich ist sie auch groß. Und dunkelhaarig. Genau sein Typ. Sie selbst ist mittelgroß, sehr schlank, fast dünn. Rothaarig. Und genau diese roten Haare haben ihr das Leben schon oft schwergemacht. Als Kind wurde sie gehänselt: Rostkopf, Duracell, Paprikaschote, Streichholz. Er hat ihr Haar geliebt. Behauptete er. Auch das war sicher eine Lüge. Und sie war zu verliebt und zu dankbar für seine Komplimente.

Wenigstens hat sie nun nichts mehr mit einem Heuchler zu tun. Und mit niemandem, der ihre Freunde nicht mag, sie für Angeber, Stümper, hohle Früchte und Hochstapler hält.

Keine Eifersüchteleien mehr. Sie ist frei. An dieses Gefühl muss sie sich erst einmal gewöhnen.

2
Dezember

Am nächsten Morgen wacht Alice früh auf. Kein Wunder, nachdem sie fast den ganzen Freitag verschlafen hat. Aber im Schlaf spürte sie den Schmerz nicht so brennend. Doch im Traum war er dumpf präsent. Sie sah ihn, mit einer anderen, gesichtslosen Frau. Immer wieder. Sie selbst war unfähig, sich zu bewegen, unfähig, zu sprechen, nur schreien wollte sie, doch aus ihrer Kehle kam kein Laut.

Als sie aufsteht und aus dem Fenster schaut, ist da draußen alles weiß. Der erste Schnee ist über Nacht gefallen und hat die Dächer der Jugendstilhäuser und der paar Nachkriegsbauten mit einer hellen Decke überzogen. Weil Samstagmorgen ist, liegt sogar noch Schnee auf den Straßen. Schön sieht das aus. Nun hört sie, wie unten im Flur rumort wird, offenbar machen sich ihr Nachbar und sein Zottelköter zum Spaziergang parat und treffen gerade ihre Nachbarin, die alte Frau Wiegand, die in der Wohnung gegenüber den beiden lebt.

Sie steht am Fenster und sieht nun, wie ihr Nachbar, den Hund an der Leine, Frau Wiegand zu einem wartenden Auto geleitet, sie hat sich bei ihm untergehakt. Der Fahrer des Wagens, er wird wohl ihr Enkel sein, nimmt sie in Empfang und hilft ihr beim

Einsteigen. Der Nachbar, in dicker Jacke und Strickmütze, hat noch gewartet, bis sie sicher im Auto sitzt. Nun hebt er zum Abschied die Hand und geht mit dem schwanzwedelnden Nikolaus seiner Wege.

Alice vertrödelt den Tag. Denkt nach. Leidet. Aber damals, als die Beziehung mit Tobias zerbrach, hat sie anders gelitten. Sie BEIDE hatten gelitten, dass ihre Liebe nicht standgehalten hatte. Nun ist es ein einseitiges Leid. Dafür hasst sie Patrick. Patrick, der sie am Anfang ihrer Liebe mit Komplimenten und Geschenken und Superlativen überhäufte. Ob er das mit seiner Neuen auch so handhabt?

Wird er sie denn auch nach kürzester Zeit für ihre Sprache, ihre Bekanntschaften, Vorlieben kritisieren? Die Stirn runzeln und gar schmollen, wenn sie einmal nicht permanent mit ihm beschäftigt ist, sondern es wagt, eine Nachricht an Freunde zu senden? Zu telefonieren? Gar Verabredungen zu haben?

Nun, heute HAT sie eine Verabredung. 17 Uhr, Weihnachtsmarkt.

„Leben, ich komme!", ruft sie in den Raum mit der hohen Decke und dem knarzenden Parkett, dessen Geräusch sie so sehr liebt. Auch darüber gab es Diskussionen mit Patrick, der lieber auf dem Land leben wollte. Sicher, ein eigenes Häuschen auf dem Land, das hätte ihr auch gefallen. Aber so ganz ohne Anbindung an die Infrastruktur, an die sie gewohnt ist? Ohne ihren Lieblingsbäcker und ihre Lieblingskneipe? Gut, dort ist sie ohnehin schon lange nicht mehr gewesen. Er wollte lieber mit ihr alleine sein und schon gar nicht auf ihre „hohle Bagage" treffen.

Ein Wunder, dass sie überhaupt noch Freunde hat. Er hätte sie am liebsten alle zum Teufel gejagt.

*

Auf dem Weihnachtsmarkt herrscht reges Treiben. Pia, Nina und Lilian stehen schon, jede ein Glas dampfenden Glühweins in der Hand, an der altvertrauten Bude. Nun, da sie Alice kommen sehen, winken sie und rufen ihr begeistert zu. Wie das eben so ist unter „Mädchen".

Nach der ersten Wiedersehensfreude erzählt Alice, was vorgefallen ist.

Betretenes Schweigen. Pia ist die Erste, die spricht:

„Endlich! Dann können wir es dir ja sagen."

„Was sagen?", fragt Alice mit einem dumpf-schweren Gefühl im Bauch.

„Na, dass der Typ dich nicht nur schwerst negativ beeinflusst hat, sondern auch ständig mit anderen Frauen schäkerte."

Alice ist schockiert.

„Wie ...?", fragt sie schwach.

Lilian nimmt sie in den Arm.

„Süße, es tut mir leid, du siehst wirklich mitgenommen aus. Und wir labern dich jetzt auch noch zu. Aber dein toller Patrick, Scheiß-Name übrigens und daher echt passend zu dieser Flachzange, wurde des Öfteren mit anderen Frauen gesehen. Ich hab ihn vor zwei Wochen mit so 'ner großen, dunkelhaarigen gesehen. Bisschen kräftig gebaut. Die beiden hielten Händchen!"

„Waaas? Wo war das? Hat er dich auch gesehen?"

Alice kann es nicht fassen. Er, der immer von ausschließlicher Liebe und Treue gepredigt hat? Ihr bitterste Vorwürfe machte, wenn er auch nur glaubte, sie könnte jemand anderen ANGESEHEN haben. Der hielt frech Händchen mit anderen Weibern? Und überhaupt dieses alberne Händchenhalten. Das mochte sie nie. Kindisch findet sie das. Warum nicht Arm in Arm gehen?

Sie erfährt an diesem Abend noch mehr über ihren Ex.

„Aber warum habt ihr mir nie etwas gesagt?", will sie von den anderen wissen. Ihr Kopf brummt von den Geschichten und von drei Gläsern Glühwein.

„Na ja, genau das hatten wir heute vor."

„Aber warum erst heute?"

„Weil das die erste Gelegenheit ist, dich mal live und in Farbe bei uns zu haben. Per Telefon oder Nachricht wollten wir das nicht tun. Außerdem: Hättest du uns geglaubt? Der Tünnes hat uns eh gehasst. Der hätte dich schon vom Gegenteil überzeugt und wir wären wieder die Bösen gewesen."

Alice wird übel. In ihr herrschen Bitterkeit, Verletztheit und – Ekel. Ekel vor diesem Menschen. Vor sich selbst. Was hat sie ihm erlaubt, mit ihr anzustellen?

„Ich will jetzt nach Hause", sagt sie abrupt und geht einfach.

*

Die anderen rufen ihr noch nach. Durch das Gedränge und die Geräusche und Gerüche des Weihnachtsmarktes eilt sie nach Hause.

Im Hausflur ist das Licht defekt. Die Tür zu Frau Wiegands Wohnung steht offen und ein kleiner Lichtkegel fällt auf den Terrazzoboden.

„Frau Wiegand?", ruft Alice in die offene Wohnung hinein.

3

Dezember

Noch im Bett liegend und Kaffee trinkend lässt Alice die Geschehnisse des vergangenen Abends Revue passieren.

＊

Frau Wiegand antwortete nicht. Unschlüssig, ob sie die Wohnung betreten oder einfach davon ausgehen sollte, dass alles seine Richtigkeit hat, stand sie im Flur. Ein Geräusch ließ sie vor Schreck zusammenfahren. Die Hintertür hatte sich geöffnet und einen Moment lang hörte sie nur ein Hecheln.

Dann wurde eine Taschenlampe angeknipst. Der Nachbar und natürlich Nikolaus standen vor ihr. Letzterer beschnüffelte sie schwanzwedelnd. Der Nachbar, der übrigens Lars Schuchardt heißt, wie sie vom Briefkastenschild weiß, zuckte leicht erschrocken, als er sie sah.

„Mann, hast du mich erschreckt. Wieso machst du kein Licht an?"

„Weil das Licht defekt ist", antwortete sie etwas zickig.

Und seit wann duzte er sie eigentlich? Dieses neumodische Duzen geht ihr gegen den Strich.

Nikolaus knurrte nun leise, sein Nackenfell sträubte sich.

„Wieso ist die Tür von Frau Wiegand offen?"

„Das weiß ich ja eben nicht", antwortete Alice. „Ich kam nach Hause, das Licht war kaputt, die Tür stand offen und dann kamen Sie. Besser gesagt, Ihr Hund und dann Sie."

„Ich bin Lars, lass doch die blöde Siezerei. Und das ist Nikolaus."

„So viel habe ich schon mitbekommen."

Nikolaus hatte mehrfach mit seiner feuchten Schnauze an ihrem hellen Mantel geschnüffelt und geschubbert. Sie musste oben im Hellen unbedingt nachsehen, ob das Flecken hinterlassen hatte. Ob Schuchardt eine Haftpflichtversicherung hatte wegen der Reinigungskosten?

Nikolaus war nun einfach in Frau Wiegands Wohnung gelaufen.

„Nikolaus! Komm sofort wieder da raus. Niko! Bei Fuß!" Aber Nikolaus hustete ihm was. Besser: bellte.

„Ich geh jetzt mal nachsehen, das ist mir alles nicht koscher hier."

Und natürlich trabte Alice hinterher.

In Frau Wiegands Wohnung liefen sie auf Nikolaus` Spuren sozusagen ins Schlafzimmer. Ein mit Möbeln vollgestopfter Raum. Dort lag Frau Wiegand zwischen dem Bett und dem geöffneten Schrank, neben ihren Füßen ein kleiner Holztritt, mit dessen Hilfe sie wohl versucht hatte, die oberen Einlegeböden des Schranks zu erreichen.

Alice machte ein erschrecktes „Hhh!", als sie die alte Dame dort liegen sah. Nikolaus winselte. Und Lars kümmerte sich bereits um die Bewusstlose.

Bald darauf war diese wieder zu sich gekommen und wollte sich sofort aufrichten, was Lars ihr untersagte.

„Ruf mal den Krankenwagen an!", befahl er Alice, die immer noch wie angewurzelt dastand.

*

Einen Ton hat der am Leib, denkt sie nun, während sie sich noch tiefer in die Kissen kuschelt. Aber das lag wohl auch an der Situation.

*

Bald darauf wurde Frau Wiegand mit dem Krankenwagen abtransportiert. Es bestehe keine akute Lebensgefahr, wahrscheinlich ein Schwächeanfall, aber sie solle vorsichtshalber zur Beobachtung mit ins Krankenhaus.

Die Nachbarn aus der ersten Etage, also ihre direkten Nachbarn, waren ebenfalls dazugekommen, aufmerksam geworden durch Martinshorn und Blaulicht.

Die beiden Töchter, drei und sieben Jahre alt, steckten in Schlafanzügen und tappten ihren Eltern hinterher.

„In welches Krankenhaus bringt ihr sie?", fragte Lars die Sanitäter.

„Marienhospital."

„Okay, wir kommen mit den Sachen hinterher."

Die Sanitäter, Frau Wiegand auf einer Trage und auch die Nachbarn, die Guntermanns, waren schließlich fort, sodass Alice endlich Gelegenheit hatte, in Ruhe nach Toilettensachen und Wechselwäsche für die Nachbarin zu suchen. Lars half ihr dabei, während Nikolaus mitten in der Diele lag und schnarchte.

„Kennen Sie sich …, kennst du dich hier aus?", fragte sie ihn.

Seine Mütze und Jacke hatte er im Wohnzimmer über einen altmodischen Sessel geworfen. Er trug einen blauen Strickpulli, der in der Bauchgegend etwas spannte, sein Haar hing ihm wirr ins Gesicht, er fuhr sich mit der Hand über die schwitzende Stirn.

„Ich war ein paar Mal hier, der Dame ein bisschen helfen, wenn was kaputt war oder so. Ihr Enkel hat ja nicht so viel Zeit."

Aha. Sie war nun fertig und reichte ihm eine kleine Reisetasche mit den Utensilien.

„Ich kann nicht mehr fahren, ich komme gerade vom Weihnachtsmarkt und hatte ein paar Glühwein."

„Und ich hab kein Auto."

Na toll. Das Ende vom Lied war, dass sie mit ihrem Auto, er am Steuer, ins Marienhospital fuhren. Schweigend. Sie war innerlich noch mit der Aufregung um ihre Nachbarin beschäftigt. Und mit anderen Dingen. Tränen waren in ihre Augen gestiegen und sie blickte schnell zum Fenster hinaus, damit er ihr keine Fragen stellte. Nikolaus lag, auf einer Decke, auf dem Rücksitz und schnarchte weiter.

Später, wieder zu Hause, waren sie noch einmal in Frau Wiegands Wohnung. Er sah sich suchend um.

„Irgendwo hier muss noch eine Flasche Eierlikör sein."

„Du kannst doch nicht einfach hier irgendwelche Sachen benutzen."

„Ich benutze nicht. Ich möchte nur ein Gläschen von ihrem hammer-selbstgemachten Gebräu. Und du verträgst auch einen. Oder meinst du, ich glaube, dass du wegen Frau Wiegand geweint hast?"

4

Dezember

Alice fährt ins Büro, schaltet den PC an, liest und be-
antwortet E-Mails, nimmt an einer Besprechung teil,
tauscht Belanglosigkeiten mit Kollegen aus.

Später kauft sie ein, etwas Süßes und kleine Geschenke, schließlich steht Nikolaus sozusagen vor
der Tür. Den befellten Nikolaus und sein Herrchen
sieht sie danach vom Auto aus. Sie winken einander
zu, Lars grinst sogar und sieht sofort freundlicher
aus.

Sie parkt, holt die Einkäufe aus dem Kofferraum.

„Hallo Aliiiice! Hast du gute Laune? Du siehst so
glücklich aus!" Augusta und Friederike verlassen gerade mit Annika das Haus.

„Ja, ich habe gute Laune, nicht so wie sonst,
wenn ich mein wahres, böses Gesicht zeige. Buuuh!"
Das Letzte ruft sie laut und zieht dabei eine Grimas-
se. Quiekend weichen die Mädels ein wenig vor ihr
zurück und lachen dann.

„Übermorgen ist Nikolaus!", schreit Augusta begeistert.

„Nittelaus!", echot ihre kleine Schwester und
strahlt über beide Pausbäckchen.

„Ich weiß, ihr Krabben! Dann müsst ihr bis dahin
aber auch noch artiger sein als sonst."

„Ganz genau", sagt Annika lachend. „Und außerdem müssen wir uns jetzt beeilen, wir wollen doch noch zur Post und zum Spielplatz."

„Ui, das klingt doch toll, nix wie los mit euch! Ich wünsche euch viel Spaß!"

Alle verabschieden sich voneinander und Alice betritt den Flur. In der Luft liegt ein angenehmer Duft, den sie nicht zuordnen kann.

5

Dezember

Alice hat von Patrick geträumt. Dabei will sie ihn und alles, was mit ihm zu tun hat und hatte, einfach nur vergessen.

Sie fährt zur Arbeit wie immer. Grüßt Kollegen. Lässt den Tag an sich vorübergehen.

Um kurz nach zwei hält sie es nicht mehr aus und verlässt das Büro. Gleitzeit macht es möglich. Außerdem hat sie im Amt keinen Publikumsverkehr.

Zu Hause angekommen öffnet sie den Briefkasten. Neben zwei Rechnungen und Werbung findet sie eine Weihnachtskarte.

Abends steckt sie ein paar Süßigkeiten in die Stiefelchen der Nachbarskinder, die immer vor deren Wohnungstür stehen. Für Nikolaus legt sie einen Kauknochen, für Lars ein Fläschchen Eierlikör vom Weihnachtsmarkt vor die Tür auf die Matte.

Sie freut sich darüber, den anderen eine kleine Überraschung zu bereiten. Sie selbst wird keinen gefüllten Stiefel vor ihrer Wohnungstür finden. Schnell verdrängt sie den Gedanken an Patrick. Und trotzdem schiebt er sich wieder in ihr Hirn. Was sollte dieses ganze Theater? Die endlosen Diskussionen und Eifersuchtsszenen, wenn ER doch derjenige ist, der nicht treu sein kann?

6

Dezember

Die Weihnachtskarte von Lars und Nikolaus hat sie mit einem Magneten an ihren Kühlschrank befestigt. *Wie konnte ich dumme Pute auch nur daran denken zu denken, die Karte sei von Patrick?*, fragt sie sich immer wieder, wenn ihr Blick darauf fällt. Sie schüttelt über ihre eigene Blödheit und alberne Hoffnung den Kopf, dass ihre rotblonden Locken wie ein kleiner Feuerkranz um ihr Haupt schweben.

Die Nachbarsmädchen hatten ihr selbstgemalte Bilder auf die Fußmatte gelegt und kichernd hinter der halboffenen Tür gewartet, dass sie sie findet und freudig überrascht ist. Was sie auch war. Nun hängen die Bilder an ihrer Küchenwand.

Frau Wiegand kann morgen wieder das Krankenhaus verlassen. Sie möchte ihre „Retter", wie sie Alice und Lars nennt, unbedingt am Sonntag zu Kaffee und Kuchen einladen. Eigentlich hat Alice keine Lust dazu. Wie sie zu gar nichts Lust hat. Sie schwankt zwischen Wut und Trauer und Agonie.

Das Silvesterwochenende in einem Spa-Hotel hat sie storniert. Patrick wird nun wohl mit seiner neuen Liebe Wellness machen. Oder anderes. Sie schaudert. Oder er wird gar nichts mit ihr unternehmen. Ein wenig geizig war er schließlich immer, auch das Spa-Wochenende fand er unnötig. „Wenn wir erst einmal schön gemütlich auf dem Land wohnen, brauchen wir so was gar nicht mehr!", hatte er mehrfach gesagt. Da hatte sie einfach das Hotel gebucht und es als Weihnachtsgeschenk für ihn deklariert. Eigentlich hätte sie auch alleine dorthin reisen können. Aber mutterseelenallein am Silvesterabend irgendwo in der Fremde hocken und anderen beim Glücklichsein zuschauen? Lieber nicht. Sie kann immer noch mit Lilian, Pia und Nina feiern, die eine Privatparty geplant haben, wegen der Kinder, die zwischen fünf und sechzehn Jahren sind.

Den letzten Silvester verbrachte sie auch alleine, weil sie und Patrick wieder einmal gestritten hatten. Ob er da auch schon auf Abwegen war? Wieso hatte sie nie etwas gemerkt? Gespürt? Ach, es ist müßig, darüber nachzudenken.

*

Später, nach einem anstrengenden Arbeitstag, kramt sie ihre Staffelei und ihre Farben hervor und arbeitet weiter an ihrem Bild, einem Stillleben, mit dem sie vor einiger Zeit begonnen hat. Zwei ihrer Bilder hängen auch im Wohnzimmer. Sie lässt leise klassische Musik spielen und versinkt ganz in ihrer Malerei.

7

Dezember

Frau Wiegands Enkel hat seine Oma aus dem Krankenhaus abgeholt und nach Hause gebracht, ihr die
Krankenhaustasche in die Wohnung getragen und
noch einen Kaffee mit ihr getrunken.

„So, Oma, jetzt mach aber bitte keine Dummhei-
ten mehr, ich habe bald Prüfung und dann echt keine
Zeit mehr, mir Sorgen um dich zu machen oder dich
durch die Gegend zu kutschieren."

Das hat Hendrik im Spaß gesagt, doch sie spürte seine Besorgnis, aber gleichzeitig hörte sie auch
das Fünkchen Wahrheit aus seinem Reden heraus.
Nun, kurz vor seiner Abschlussarbeit an der Uni,
muss er noch einmal besonders fleißig sein. Wie
stolz sie auf ihn ist! Sie hat zwar keine Ahnung, was
eine Bätschloorarbeit ist und warum das nichts mit
Rosen und den geschniegelten Typen auf RTL zu tun
hat, aber sie weiß, dass er Karriere machen und gutes Geld verdienen will.

Nachdem er gegangen ist, sitzt sie noch im Sessel und blickt auf das Bild ihres verstorbenen Man-
nes Walter. Sieben Jahre ist er nun schon tot und immer noch vermisst sie ihn schmerzlich. Ihr einziger
Sohn kommt sie nur selten besuchen, auch ihren
Enkel sieht sie eben wegen des Studiums nicht mehr

so oft wie früher. Wie schnelllebig die Zeit geworden ist! Sie vermisst die lebhaften, aber schönen Weihnachtstage von früher. Die Tränen steigen in ihre Augen. Sie fühlt sich uralt und sehr müde.

Bald darauf schläft sie in ihrem Sessel ein. Walter lächelt sie von seinem Bild heraus an.

8

Dezember

Der Frost macht kühles Milchglas aus der Luft und aus der Umgebung. Lars und Nikolaus drehen ihre lange Morgenrunde. Während Nikolaus hinter einem Stöckchen her hechelt und es Lars wieder und wieder vor die Füße legt oder es sich abluchsen lässt, auf dass es erneut weit fortgeworfen wird, ist Lars in Gedanken ganz woanders. Woanders ist in diesem Fall Alice. Dieses zarte, aber augenscheinlich auch zähe Persönchen mit diesen unglaublichen Haaren, dem ernsten Blick und einer Verkopftheit, die er ihr gern ein wenig nähme.

Aber kann man so etwas überhaupt? Können wir alle aus unserer Haut? Und: Müssen wir es nicht selbst wollen, damit sich da überhaupt etwas tut?, tönt es in seinem Hirn. Und warum denkt er so intensiv an seine Nachbarin, die er bislang nur von kurzen, neutralen Begegnungen im Treppenhaus oder auf dem Hinterhof, wenn sie den Müll rausbrachte und er an seinem Töff schraubte oder sein Fahrrad aus dem Schuppen zerrte, kennt?

Nikolaus steht auffordernd vor ihm und bellt. *Los, Alter, wirf den Stock noch mal, ganz weit! Wir sind doch nicht nur zur Deko hier*, scheint er damit sagen zu wollen. Lars tut ihm den Gefallen.

Ich denke an Alice, antwortet er sich selber, *weil sie mich vom ersten An- und Augenblick an fasziniert hat. So was gibt es ja. Wer nicht zu ihr passte, war dieser gelackte Tünnes mit dem braunen Mittelscheitel und den etwas zu properen Klamotten. Doch der ist ja nun wohl Geschichte, wie Alice beim Eierlikörchen am Samstagabend in Frau Wiegands Wohnung andeutete.* Er grinst in sich hinein, als er daran zurückdenkt.

*

Sie gab ihm zwischen zwei Gläschen des guten Gebräus einen kurzen Überblick über das Geschehene.

„Was für'n Sicker!", entfuhr es Lars.

„Was? Das ist ja ein furchtbares Wort!", sagte Alice leicht schockiert.

„Ist ja auch ein furchtbarer Typ", knurrte Lars daraufhin und entlockte ihr ein kurzes Lachen. Immerhin!

*

„Was für ein Idiot!", sagt Lars jetzt laut in die Kälte und seine Worte bleiben als Rauchwölkchen noch kurz in der Luft stehen. Wie eine Sprechblase. „Passt ja zu mir, 'ne Sprechblase", brummt er in sich hinein. „Bin ja auch bestenfalls 'ne Comicfigur." Gescheiterte Existenz, gescheiterte Ehe, gescheiterte Vater- Sohn-Beziehung.

So zählt er innerlich auf. Eine Frau wie Alice, Beamtin in wohlgeordneten Verhältnissen mit einem tippitoppi-sauberen Auto, gepflegter Kleidung und bedächtigem Handeln denkt wohl noch nicht einmal im Traum daran, mit jemandem wie ihm, nein, GENAU und AUSSCHLIESSLICH mit ihm … was? Anzubandeln? Sich einzulassen? Gar sich zu verlieben? Dabei scheint ihm, dass sie genau der richtige Gegenpart zu ihm, dem impulsiven, lauten, gefräßigen Zottelkopf ist.

Aber wie soll er ihr das weismachen? Irgendwie schüchtert sie ihn ein, obwohl er sie andererseits auch beschützen will. In den Vögelchenmomenten, wie er es nennt. Die Vögelchenmomente sind die, wenn durch ihre Fassade Verletzlichkeit schimmert, wenn ihre Gesten etwas fahriger werden, wenn ihre grünen Augen kurz hilflos blicken. Aber dann sammelt sie sich sofort wieder.

Ließe sie die Schwäche doch zu! Wie gern würde er sie beruhigend in den Arm nehmen und ihr gut zureden, ihr übers Haar streichen …

„Und sie küssen und …", sagt er laut. Zwei Frauen, die ihre Kinderwagen vor sich herschieben, schauen ihn erstaunt an.

Und erstaunt ist er von sich selbst: Er hat sich, nach langer, langer Zeit, bis über beide Ohren verliebt. Ach was, er ist hoffnungslos verknallt!

Lars grinst breit. Geiles Gefühl! Egal, was draus wird, die Vitalfunktionen tun es also noch!

*

Als Nikolaus und Lars später am Tag, nach dem Einkauf und einem Besuch in Lars' Lieblingscafé, den Flur betreten, finden sie eine aufgelöste Alice auf den Treppenstufen vor.

9
Dezember

Alice liegt mit dem zweiten Kaffee im Bett und hat nicht vor, es an diesem Samstag zu verlassen. Der gestrige Tag sitzt ihr noch in den Knochen, die ganze Situation steckt ihr in den Knochen. Warum kriegt sie im Leben alles auf die Spur, außer, wenn es um die Liebe geht?

Nach Tobias hat keine Beziehung mehr funktioniert. Immer war sie an die Falschen geraten. Nun, so viele waren es nicht, eine Affäre über ein paar Wochen, eine Beziehung, die fast neun Monate dauerte und dann wegen Untreue seinerseits beendet wurde, fast ein Jahr als Single, dann kurz eine „Freundschaft plus", wie es so schön heißt, nicht ihr Lebens- und Liebesmodell. Und schließlich Patrick. Eigentlich war er nicht ganz ihr Typ. Obwohl sie Wert auf gepflegtes Äußeres und insgesamt auf Sauberkeit legt, war er ihr immer etwas zu pingelig in allem. Dafür waren seine Tischmanieren unterirdisch. Der ganze Typ ein Widerspruch in sich selbst.

Sie nippt an ihrem Kaffee, draußen ist es usselig. Es windet, die fast kahlen Äste der Bäume zappeln in den Böen. Umso gemütlicher ist es hier, zuhause, in ihrem Bettchen. Die Temperaturen sind zwar etwas gestiegen, es gab keinen Nachtfrost, doch der spätherbstliche Wind geht durch Mark und Bein, wie sie eben beim Luftschnappen auf dem Balkon fröstelnd bemerkte.

Sie mummelt sich noch tiefer in die Kissen. Für heute und morgen hat sie noch genügend Vorräte im Haus, sie muss sich nicht in den vorweihnachtlichen Shoppingwahnsinn begeben. *Nächste Woche werde ich mich um die Geschenke und den Baum kümmern*, denkt sie. Und sie denkt an gestern. Gestern war ein „Hier ist der Wurm drin"-Tag.

*

Als sie mittags von der Arbeit und vom Einkauf nach Hause kam (Überstundenabbau), ging sie zunächst in ihre Wohnung, um ihre Einkäufe abzuladen. Oben fiel ihr ein, dass sie vergessen hatte, nach der Post zu schauen. Also lief sie wieder treppab zu ihrem Briefkasten. Er enthielt neben Werbebroschüren und zwei Rechnungen auch noch einen Umschlag mit einer Schrift darauf, die ihr nur allzu bekannt war.

Nervös öffnete sie ihn. Sie fand ihren Wohnungsschlüssel und eine kurze Nachricht von Patrick:

„Liebe Alice,

anbei dein Wohnungsschlüssel, ich benötige ihn ja nun nicht mehr. Bitte verfahre genauso mit meinem Schlüssel. Ich möchte dich, bevor es jemand anderer tut, auch darüber in Kenntnis setzen, dass meine neue Lebensgefährtin schwanger ist. Ja, wir erwarten ein Kind und ich bin sehr glücklich darüber. Johanna wird auch mit mir aufs Land ziehen, etwas, was dir ja zuwider war. Ich bitte dich, mir auch die Verlobungsbrosche meiner Oma zurückzusenden. Da wir kein Paar mehr sind, sollte sie zurück in meinen Besitz übergehen.

Danke für alles. Ich wünsche dir von Herzen alles Gute.

Liebe Grüße, Patrick"

Alice ließ sich kraftlos auf die Stufen fallen. In diesem Moment fiel oben ihre Wohnungstür ins Schloss.

Nach dem ersten Schock weinte sie wie ein Kind. Wie konnte man nur so unglaublich unsensibel und herzlos sein? Was zum Teufel hatte sie diesem Menschen nur angetan? Aber hatte er nicht alle seine Beziehungen irgendwie merkwürdig beendet? Natürlich waren daran immer seine Partnerinnen schuld gewesen!

„Nichts Sexuelles ...", ganz KLAR! „Du Arschloch!", schrie sie in den Flur.

Außer ihr war niemand im Haus. Und sie hatte noch nicht einmal ihr Handy bei sich, um den Schlüsseldienst anzurufen!

So saß sie also da und dachte über sich, Patrick und all ihre Beziehungen nach. Stellte sich viele Fragen, hier in dem kalten Hausflur. Und gab sich viele Antworten. Solange sie sich selbst nichts wert war, würde sie auch keinen wertvollen Partner finden, so ihre Quintessenz. Manchmal muss man eben x-mal in den Dreck fallen, bevor man versteht, wie man sauber bleibt.

Als sie so weit gekommen war, öffnete sich die Haustür und Nikolaus stürmte so freudig auf sie zu, dass er sie ins Kippen brachte.

„Niko! Aus! Sofort bei Fuß!" Nikolaus gehorchte unwillig.

Lars sah sofort, dass Alice sich in einer akuten Krisensituation befand. Er bot an, ihre Tür zu öffnen, während sie in seiner Wohnung vor einem Becher heißen Tees saß.

„Ist offen!", rief er bald darauf.

„Und, ist sie jetzt kaputt?", fragte Alice fatalistisch.

„Nö, hab ein Spezialwerkzeug", sagte ihr Nachbar mit breitem Grinsen, seine grünen Augen, grün wie ihre eigenen, blitzten.

„Will ich wissen, woher du das hast?", fragte sie. „Nein, erkläre es mir nicht!", winkte sie ab, als er zu einer Erklärung ansetzte.

„Und was ist sonst noch so los bei dir?", fragte Lars leise.

Sie erzählte es ihm. Er ließ sich auf ihr altes, restauriertes Sofa, das noch von ihrer Uroma stammte, plumpsen, dass die Sprungfedern krachten.

„Oh, sorry!"

„Ist auch schon egal!", meinte Alice gottergeben. Sie war erschöpft.

„Moment mal!", schrie Lars dann plötzlich. Sie zuckte zusammen. „Soll das heißen, du hattest die ganze Zeit den Schlüssel in der Hand? Also, im Umschlag?"

Alice nickte langsam. Oh, mein Gott, so weit war es also schon.

Sie blickten einander an. Und begannen gleichzeitig zu lachen.

*

Sie lächelt noch in Gedanken daran. Lars ist so lebendig. Er tut mir gut, stellt sie erstaunt fest. Ein wenig unkonventionell ist er schon. Aber gerade das mag sie an ihm. Auch riecht er gut. In seiner Gegenwart fühlt sie sich – geborgen. Etwas, das sie schon lange nicht mehr gefühlt hat.

Sie schläft wieder ein. Wird wach, schlumpft sich durch den Tag. Bis ein Lars mit umgebundener Schürze, die am Bauch etwas ausbeult, und ein schwanzwedelnder Nikolaus vor ihrer Tür stehen,

um sie a) „zu der weltbesten Hühnersuppe" einzula-
den, „denn du musst ja augenscheinlich etwas auf-
gepäppelt werden", und b) zu einem anschließenden
Gassigang, denn „du musst ja unbedingt mal an die
frische Luft".

10

Dezember

Bei den Guntermanns, Alices Nachbarn, klingelt das Telefon. Annika Guntermann nimmt den Hörer ab. Die Kinder lärmen durch die Wohnung.

„Guntermann. Hallo? Wer ist denn da?"

„Annika, Mädchen …", hört sie die Stimme ihres Vaters.

„Papa, was ist denn los? Du klingst so komisch. Ist was mit Mama?" Friederike und Augusta toben nun um sie herum. „Steffen, kannst du die beiden bitte mal zur Räson bringen? Ich telefoniere!"

Ihr Mann schnappt sich die beiden Mäuse und geht zusammen mit ihnen in ihr Zimmer.

„Was ist denn passiert?", fragt sie ihren Vater ängstlich.

Im Hintergrund hört sie ihre Familie lachen. Aus dem Backofen dringt Plätzchenduft, zwei Kerzen brennen auf dem Adventskranz, den sie mit den Kindern gebastelt hat. Diese Harmonie ist gerade bedroht. Sie spürt es.

„Mama … Mama hatte einen Schlaganfall!", weint ihr Vater, ihr starker, ruhiger Vater nun verzweifelt in ihr Ohr.

„Was?!" Annika lässt sich auf die Couch fallen. Die Beine versagen ihr. „Ist sie …, was ist mit ihr?"

„Sie liegt jetzt auf der Intensivstation. Ich weiß noch nichts Genaues." Stille. „Kannst du herkommen?"

„Natürlich komme ich, Papa!" Annika weint. Sie weiß gerade nicht mehr, wo oben und unten ist. Fahren jetzt noch Züge? Soll sie mit dem Auto ...? Sie ist viel zu sehr durch den Wind, um jetzt noch Auto zu fahren.

„Ich bin noch im Krankenhaus. Muss jetzt erst mal ein paar Sachen für Mama holen und hier noch Formalitäten erledigen. Es reicht doch, wenn du morgen kommst. Wir können jetzt sowieso nichts tun."

„Okay, gut, ja, so machen wir das."

Ihr Vater schluchzt:

„Ich weiß gar nicht ..., sie war doch immer so fit. Und jetzt vor Weihnachten ... Wie soll nun alles werden?"

Sie hört ihn weinen und es bricht ihr fast das Herz.

„Papa, jetzt beruhige dich erst einmal. Mama ist eine Kämpfernatur. Sie schafft das. Und Weihnachten ist doch jetzt egal."

„Ja, ja ..., du hast recht."

Annika überlegt schnell und angespannt.

„Ich muss jetzt hier alles organisieren. Vielleicht kann Steffen sich ein paar Tage Urlaub nehmen ..., ich weiß es noch nicht. Ich melde mich gleich wieder bei dir, ja?"

„Ja, mein Kleini. Ist gut. Aber erst später. Ich muss ja noch nach Hause und wieder zurück und all das."

Mein Kleini. Wie lange hat er sie nicht mehr so genannt? Annika drängt den neuen Tränenstrom zurück.

„Ja, alles gut, wir kriegen das hin, ich melde mich später. Pass bitte auf dich auf!"

Sie verabschieden sich und Annika sitzt in Schockstarre auf dem Sofa, den Hörer noch in der Hand. Ihre Mamini hatte einen Schlaganfall! Sie kann es noch nicht realisieren. Da fliegt die Kinderzimmertür auf und eine wilde Jagd stürmt durchs Wohnzimmer. Alle drei tragen Bettlaken oder Handtücher als Capes und spielen Superhelden.

„Mama, war das Oma? Wann fahren wir denn zu den Großis? Weihnachten dauert noch sooo lange!"

Steffen sieht seine aschfahle Frau an.

„Was ist passiert?", fragt er ruhig.

Annika erzählt es ihm. Alles in ihr ist Chaos. Ihre Mama, die Kinder, ihr Papa, das Krippenspiel in der Schule, die Kindergartenfeier …

„Wie soll alles werden?", fragt sie nun auch.

Steffen nimmt sie in den Arm.

„Wir kriegen das hin, mein Schatz."

„Was ist denn mit Oma?", fragt die siebenjährige Augusta ängstlich.

*

Ein paar Stunden später ist alles organisiert. Dank Alice und – Lars.

Alice hat bei den Guntermanns geklingelt, um zu fragen, ob Augusta und Friederike Lust haben, in der kommenden Woche mit ihr eislaufen zu gehen. Sie mag die beiden sehr und ganz uneigennützig ist die Idee nicht: Sie möchte sich auch von ihrem Kummer ablenken. Die Kinder kommen gelegentlich zu ihr rüber, wenn Steffen und Annika eingeladen sind oder andere Verpflichtungen haben. Sie lassen sich vorlesen, spielen mit Alices alten Spielsachen und bekommen immer ihren Kakao mit Marshmallows oder im Sommer selbstgemachte Limonade.

Sofort hat Alice sich angeboten, zu helfen.

„Die Kinder können doch bei mir bleiben. Ich hab noch immer x Überstunden abzubauen, außerdem noch jede Menge Resturlaub. Bei uns im Amt herrscht eigentlich schon Winterschlaf."

„Nein, nein, das können wir doch nicht annehmen. Und Friederike wird vielleicht gar nicht bei dir einschlafen können, sie kommt nachts noch oft zu uns ins Bett."

„Aber ich will bei Alice bleiben!", hat Augusta da schon gekräht und sich an Alices Hand gehängt.

Lars kam mit Nikolaus vom Spaziergang zurück und hörte die Nachbarn oben im Hausflur. Auch er bot sofort seine Unterstützung an.

Und nun war es beschlossene Sache: Die Guntermanns würden am nächsten Tag mit dem Auto nach Porta Westfalica fahren, Friederike mitnehmen und Augusta würde bei Alice bleiben.

„Geil, dann schlafe ich mit dir im großen Bett!", jubelte sie.

„Augusta, ich will nicht, dass du solche Wörter benutzt!", hat Annika geschimpft und Lars hat nur gelacht.

*

Nun sitzen er und Alice in Frau Wiegands Wohnung und sind bereits leicht angeschickert vom Eierlikör. Der schmeckt aber auch zu gut! Heidenei!

Frau Wiegand erzählt viel von früher, hat alte Fotos ausgekramt. Alice ist gerührt und erstaunt. Wie hübsch die alte Dame damals war. Eigentlich ist sie das immer noch. Ihr fehlt nur etwas Farbe und eine neue Frisur.

„Und so einen feschen Mann hatten Sie! Sie waren ein sehr schönes Paar", lächelt sie die alte Dame an.

Diese errötet ein wenig.

„Ja, wir waren sehr verliebt. Und sehr glücklich. Leider haben sich Walter und mein Sohn arg gestritten, es ging da um eine Erbsache …, und nun ist unser Verhältnis nicht mehr so gut. Mein Enkel hat auch so viel mit seinem Studium zu tun. Er macht gerade seinen Bätschloor. Das macht mich alles traurig", klagt sie und hat auf einmal Tränen in den Augen.

Oje, oje, was haben wir alle für Päckchen zu tragen, denkt Alice und Lars tröstet Frau Wiegand.

„Frau Wiegand, wir machen demnächst mal einen richtigen Verwöhntag!", schlägt Alice vor. „Ich bringe Sie zu meinen Friseurinnen, die hübschen Sie ein bisschen auf und dann gehen wir ein wenig bummeln und schön essen. Was halten Sie davon?"

„Ach, ich weiß nicht, meinen Sie?"

„Ja, meine ich!", sagt Alice entschieden und lacht. Nikolaus schreckt aus seinem Schnarchen auf und winselt.

„So, der Jung muss an die frische Luft", beschließt Lars und steht auf. „Frau Wiegand, es war mir ein Fest! Und apropos Fest: Ich lade Sie herzlich ein, Heiligabend zum Essen zu mir zu kommen!"

„Ach, Herr Schuchardt, das kann ich doch gar nicht annehmen", protestiert sie.

„Sie können das so was von annehmen! Und du", richtet er das Wort an Alice, „bist uns ebenfalls herzlich willkommen!"

„Ja, aber hast du denn keine Familie … Freunde …?"

Sein Gesicht verdüstert sich.

„Nein, Familie is nich. Und meine Freunde treffe ich immer am zweiten Weihnachtstag. Aber da geht dann die Party ab!"

„Ich bin Heiligabend immer im Gemeindehaus, wir veranstalten dort eine Feier für Obdachlose und all jene, die Weihnachten alleine sind."

Lars macht ein enttäuschtes Gesicht. Und Alice bedauert es zutiefst, dass sie nicht dabei sein kann. Obwohl:

„Wann wolltest du denn essen? Ich könnte auch nur zum Nachmittagskaffee gehen und wäre dann spätestens um acht wieder hier. Schließlich habe ich die ganzen letzten Jahre dort Einsatz gehabt."

Lars strahlt über sein bärtiges Gesicht. Er trägt ein verwaschenes schwarzes T-Shirt mit einem Totenkopf darauf, saubere Jeans und derbe Schuhe. Als ginge er jetzt gleich zum Holzhacken, schießt es Alice in den Kopf. Sie lächelt. Ein holzhackender Mann. Das gefällt ihr.

Was ihr auch gefällt, ist, dass die nächsten Tage ausgefüllt sein werden. Sie wird Augusta bei sich haben und außerdem Frau Wiegand ein wenig unter ihre Fittiche nehmen. So hat sie genug Ablenkung von ihrem Schmerz. Wiewohl – ist es noch Schmerz oder nur ein Rest gekränkte Eitelkeit? Das Gefühl, betrogen und belogen worden zu sein, wiegt schwer. Aber es wird nicht ewig anhalten. „Lebbe geht weida!" Wer sagte das noch immer?

Und außerdem möchte sie mehr von Lars erfahren. Was treibt er eigentlich den ganzen Tag? Wovon lebt er? Und was ist mit seiner Familie?

Sie verabschieden sich im Hausflur voneinander, das Licht funktioniert dank Lars auch schon lange wieder und Alice fällt bald darauf todmüde ins Bett.

Lars dreht die letzte Gassirunde mit Nikolaus und trägt trübe Gedanken in sich.

11

Dezember

Jasper Schuchardt hat seinen Seesack geschultert und wartet aufs Boarding. Das letzte halbe Jahr hat er in den USA verbracht, work and travel. Seine Tante Sina hat ihn zum Flughafen in Seattle gefahren, nachdem er zwei Wochen bei ihr und ihrem Mann Ron Urlaub gemacht hatte. Wunderschöne Gegend, in der sie seit einigen Jahren lebt, im Staate Washington am Puget Sound. Von ihrem Haus aus konnte er auf den verschneiten Mt. Rainier blicken. Viele Spaziergänge hat er mit ihr unternommen, am Lake Tacoma und in der näheren Umgebung. Ein endgeiler Ort. Trotzdem hat ihn das Heimweh befallen wie eine Krankheit und er sehnt sich nun nach Altvertrautem wie deutschem Bier, deutschem Brot, deutschem Humor, seinen Kumpels und tatsächlich auch nach seinem Vater. Auch wenn er das sich selbst gegenüber noch nicht so richtig zugeben mag. Vor fünf Jahren hat er ihn das letzte Mal gesehen, da war er knapp 15. Ein schwieriges Alter. Vor allem, wenn sich die Eltern gerade trennen und einen mordsmäßigen Rosenkrieg hinlegen.

Wie er jetzt erst erfahren hat, ging dieser Krieg von seiner Mutter aus. Tante Sina hat ihm die Geschichte mal aus einer anderen Perspektive erzählt.

Sehr zögernd und vorsichtig. Er hat gespürt, dass sie weiteren Ärger fürchtete, wenn sie an diesen Dingen rührte. Aber er kann sehr hartnäckig sein.

„Du bist wie dein Vater!", hat Sina ständig gesagt und ungläubig gelacht und den Kopf geschüttelt.

„Aber Kinder kommen ja auch selten auf andere Leute."

Jedenfalls weiß Jasper nun, dass sein Vater seit der Scheidung pleite ist, dass er um das Sorgerecht für ihn gekämpft hat, seine Mutter aber mit Finten, Drohungen und einem sehr guten Anwalt nicht nur mit einem Batzen Geld, Schmuck und fast dem gesamten Hausrat aus der Ehe hervorging, sondern quasi als i-Tüpfelchen noch das alleinige Sorgerecht bekam. Ihm hat sie immer erzählt, sein Vater habe das Geld verprasst, den Laden in den Bankrott getrieben und sich außerdem null für ihn, Jasper interessiert. Sie ist sehr gut darin, Menschen zu manipulieren und zu täuschen. Aber das, was sein Bauchgefühl ihm schon lange sagte, konnte er damals einfach noch nicht richtig packen. Und dann waren sie auch schon nach München gezogen und so war er viel zu weit von Lars entfernt, um ihm auch nur zufällig in die Arme zu laufen. Offenbar hat sie auch Briefe von Lars an ihn abgefangen. Wie hat er ihn gehasst! Seine Mutter betrogen, das Geschäft in den Sand gesetzt und sein Sohn ging ihm am Arsch vorbei. Laut Wiebkes Version.

Inzwischen sitzt Lars im Flugzeug, hört über Kopfhörer Musik und denkt mit geschlossenen Augen weiter über alles nach, was Sina ihm erzählt hat. Sie war behutsam vorgegangen, denn sie sah keinen Nutzen darin, schlecht über ihre ehemalige Schwägerin zu sprechen. Sie wollte in erster Linie Ruhe und Frieden für die Familie. Lars war damals am Boden zerstört gewesen und es hatte ihr fast das

Herz zerrissen. Und dann war sie, sein einziges verbliebenes Familienmitglied, auch noch ausgewandert. Umso größer war ihre Freude, als sich Jasper nun bei ihr via Facebook, wo er unter dem Namen *Cottoneyed Joe* existiert, gemeldet hat und sie ihn endlich wiedersehen konnte. Wie groß der Bengel von damals jetzt ist! Und wie sehr er seinem Papa ähnelt! Jasper hat ihr strikt verboten, seinen Vater zu kontaktieren.

Beiden hatten die Gespräche miteinander, die langen Spaziergänge und das Herumalbern gutgetan und so sitzt sie jetzt lächelnd in ihrem Pick-up und hofft, dass am Ende doch noch alles gut wird. Sie ist eben hoffnungslos harmoniesüchtig.

*

Viele tausend Kilometer entfernt brütet ihr Bruder nicht nur über seine Vergangenheit, sondern gleichzeitig eine Erkältung aus. Aber mit *Wick MediNait* kriegt er diesen kleinen Scheißer von Infekt schon gebändigt, denkt er schniefend. Sein Kopf schmerzt, sein Hals ist wund, er fühlt sich schlapp.

In Gedanken durchläuft er den ganzen Mist, der damals passierte, ihm widerfuhr, besser gesagt, noch einmal.

Er hatte Wiebke nicht betrogen, obwohl er es oft am liebsten getan hätte. Nichts war ihr gut genug. Sie wollte ein Café eröffnen, er half ihr dabei. Neben seinem Job als Berufsschullehrer. Dank seiner Ausbildung, die er vor dem Studium gemacht hatte, war er handwerklich versiert und so baute er den Laden fast komplett in Eigenarbeit aus. Alles lief gut, doch Wiebke war nie zufrieden. Plötzlich langweilte es sie, ständig im Café „herumhängen" zu „müssen", forderte mehr Mitarbeit von ihm, stellte drei Aushilfen ein, die bald fluchtartig das Weite suchten, weil sie ihre cholerische Chefin für „bekloppt und unzumutbar" hielten. Das Ende vom Lied waren hohe Schulden, ein Lars am Ende seiner Kräfte und seiner Geduld und schließlich die Schließung des Cafés. Er hatte seinen Job als angestellter Lehrer verloren, wegen des Stresses mit dem Café und mit Wiebke und wegen seines Dickkopfes (sein Chef hatte ganz andere Ansichten als er ...) und versuchte zu retten, was noch zu retten war – gewesen wäre. Aber da war schon alles zu spät. Trotzdem musste er Wiebke Unterhalt zahlen. Er verschuldete sich, der Laden war auf seinen Namen gelaufen, Wiebke hatte noch schnell das Inventar verkauft, die Kohle eingestrichen, sich eine Lebensversicherung auszahlen lassen, das Konto weitestgehend leergeräumt und bald darauf das Weite gesucht. Nicht ohne vorher noch seinen Ruf durch abstruse Lügengeschichten zu ruinieren.

Damals war er in ein tiefes, tiefes Loch gefallen und ohne seine Schwester wäre er vielleicht untergegangen. Sina half ihm, wo sie nur konnte, auch finanziell. Dann zog sie zu Ron nach Amerika.

Er fing sich langsam wieder, nahm verschiedene Jobs an, gab Nachhilfe, jobbte im Schlüsseldienst seines Kumpels, bei einem anderen Freund als Küchenhilfe und Kellner, begann wieder, Musik zu machen, spielte Kontrabass mit alten Bandkollegen, gelegentliche Auftritte folgten, außerdem mehrere kurze Affären, Liebschaften und eine Fast-Beziehung. Er hatte sich in diesen Zeiten wahrlich nicht mit Ruhm bekleckert, was die Damenwelt anbelangt. Heute bereut er das. Aber er war einfach zu verletzt, zu wütend, zu hasserfüllt. Der Hass ist abgeklungen, er ist fatalistischer geworden. Über Umwege hat er erfahren, dass Wiebke die ganze Kohle verprasst hat. Selbst schuld.

Das Schlimmste war sowieso der Entzug von Jasper. Nie kann er an ihn denken, ohne dass ihm sein Herz schwer wird. Mehrmals hat er versucht, ihn über die sozialen Medien zu finden, hat ihn gegoogelt und zumindest kleine Artikel in süddeutschen Käseblättern über seine sportlichen Erfolge lesen können. Außerdem spielt er wohl Trompete, wie er einem Artikel seiner Schulzeitung entnehmen konnte.

Er hat nie wieder gewagt, sich bei ihm zu melden. Wiebke hatte so viel Lügen über Lars erzählt, bis Jasper sich von ihm abwandte.

Und nun wohnt Lars seit einem Jahr hier im Haus, hat die paar Möbel, die ihm geblieben sind, durch Stücke vom Flohmarkt und der Caritas ergänzt, seine Küche selbst gebaut, gebrauchte Elektrogeräte gekauft. Sein Konto ist wieder im Plus, er hat sparsam gelebt. Einen Restbetrag für einen Kredit stottert er noch ab. Und endlich ist er wieder bei sich angekommen. Bewerbungen für eine neue Stelle als Berufsschullehrer laufen. Das zieht sich zwar alles etwas hin, aber er ist vorsichtig zuversichtlich.

Dass es ihm etwas besser geht, spürt er auch daran, dass er sich zum ersten Mal wieder richtig und heftig verliebt hat.

Seine Wünsche sind ganz einfach: Er möchte Jasper wieder in seinem Leben haben, er möchte Alice in seinem Leben haben und ihr Herz erobern, er will zurück in seinen Job. Endlich ankommen. Endlich Frieden finden.

Nikolaus liegt neben ihm auf der Couch und schnarcht. Der Hund ist sein Ein und Alles, gerettet aus einem rumänischen Zwinger, war er als dürres Häufchen Elend zu ihm gekommen. Und jetzt ist er ein gepflegter, fröhlicher Geselle, der ihn gut auf Trab hält.

Bald hört man nur noch das Schnarchen der beiden.

12

Dezember

Die Guntermanns sind seit gestern in Porta West-falica, Annikas Mutter geht es etwas besser, aber noch ist alles etwas kippelig, wie Annika Alice am Telefon berichtete. Dann rief Nina an, um zu hören, ob Alice noch unter den Lebenden weile, und kurz danach meldete sich Pia. Nina, Pia und Lilian haben ihr in den letzten Tagen aufmunternde Nachrichten geschickt und einen wunderschönen Blumenstrauß bringen lassen. Sie könne jederzeit anrufen, zu ih-nen kommen – was auch immer. Alice ist sehr ge-rührt über die Anteilnahme ihrer Freundinnen.

Auch wenn sie sowieso weiß, dass die drei für sie da sind, ist es einfach nur eine Wohltat, auch mal ein wenig „gepampered" zu werden.

Jetzt ist Alice mit Augusta im Aufbruch begriffen. Der versprochene Ausflug zur Eisbahn ist für heute geplant.

Nachdem Alice Augusta zur Schule gebracht hat-te, war sie ins Amt gefahren, hatte das Nötigste er-ledigt und besprochen, Termine fürs neue Jahr ab-geklärt und wird die nächsten Tage im Home Office arbeiten.

Aber viel ist jetzt eh nicht mehr zu tun. Zum Glück! Erstens hat sie privat gerade genug um die

Ohren und zweitens ist es für dieses Jahr auch mal genug mit der Schufterei! Sie überlegt, ob sie ab Mitte des nächsten Jahres nicht ein paar Stunden weniger arbeiten soll. Einerseits heißt es zwar, sie sei unentbehrlich, aber am Ende sind doch alle ersetzbar, denkt sie etwas bitter. Stundenabbau, mehr Home Office, mehr Zeit für die Malerei und einfach zum Leben. Sie hat die letzten 15 Jahre unermüdlich gearbeitet, organisiert, hat mehrere Besoldungsstufen erklommen. Omas und etwas vom elterlichen Erbe haben ihr den Kauf der Wohnung ermöglicht. Selbst mit etwas weniger Verdienst könnte sie, wenn sie etwas sparsamer lebte, durchaus gut klarkommen. Sie fühlt sich schon länger leer und manchmal überfordert, sieht weniger Sinn als früher in ihrer Arbeit. Auch wenn sie ihren Job immer gern gemacht hat, so fehlte ihr im Leben doch das Wesentliche: das Gefühl des Angekommenseins, einer stabilen, glücklichen Partnerschaft, mehr Lebensfreude. Tatsächlich ist sie nur zum Fast-Workaholic geworden, kümmert sich lieber um andere als um sich selbst, um die Leere in sich auszufüllen. Aber so ganz ist ihr das nie gelungen.

Augusta steht bereits vor Lars' Tür und klingelt und klopft, als wolle sie Tote aufwecken. Lars öffnet gespielt böse und wirbelt sie dann im Kreis herum. Eigentlich geht es ihm immer noch mies, aber um nichts in der Welt will er das gemeinsame Eislaufen absagen. Erstens mag er die kleine Krabbe und zweitens würde er für eine Verabredung mit Alice seinen rechten Arm geben. Oder so etwas in der Art.

Nikolaus schmollt ein wenig, als er merkt, dass es ohne ihn losgeht.

„Wir sind doch gleich wieder da, Nikolausi", tröstet Augusta, dick eingemummelt wie ein Michelin-Männchen oder, besser, -Mädchen, den leise winselnden Hund.

„Jetzt macht er wieder einen auf ‚sterbender Schwan'", brummelt Lars und schickt seinen Fell-Buddy in dessen Körbchen.

*

Auf der Eisbahn herrscht ziemlicher Trubel. Trotzdem haben alle ihren Spaß. Augusta fährt stockend, sich an den Händen der beiden festkrampfend, zwischen Alice und Lars. Nach einiger Zeit wird sie mutiger und traut sich, ohne Hilfe ihre Bahnen zu ziehen.

Weihnachts- und Chartmusik tönen aus den Lautsprecherboxen, Duftwolken von gebrannten Mandeln und Rostbratwürstchen tanzen ab und zu um ihre Nasen. Längst hat Augusta ihr Steppmäntelchen ausgezogen, Alice ihren Schal gelockert, Lars seinen Parka seinem Kumpel, der die Eisbahn betreibt, zur Aufbewahrung gegeben. Diesem Kumpel verdanken sie auch, dass sie besonders günstige Preise für das Leihen der Schlittschuhe und alles andere bekommen haben.

„Ach, ist das schön!", strahlt Alice und Lars' Herz macht bum-bum. Es macht tatsächlich bum-bum. Endlich wieder Herzklopfen. Er strahlt zurück. Sein Kopf schmerzt immer noch, langsam kommen auch die Halsschmerzen wieder, seine Nase läuft gerade Langstrecke. „Aber noch schöner wäre es ja, wenn man das hier mal für sich alleine hätte. Am besten abends, mit all den Weihnachtslichtern beleuchtet und mit schöner Musik. Und dann ganz in Ruhe lange Bahnen ziehen. Das muss herrlich sein!"

Lars stimmt ihr zu:

„Ja, das glaube ich auch. Ich wusste ja gar nicht, dass du so romantisch bist," meint er augenzwinkernd.

„Woher solltest du auch, du kennst mich ja eigentlich gar nicht."

Das versetzt ihm einen kleinen Stich.

„Deshalb musst du mir noch mehr von dir und über dich erzählen!"

„Und du mir von dir. Ich weiß de facto gar nichts über dich. Woher hast du zum Beispiel die große Narbe auf dem rechten Unterarm?"

„Alte Kriegsverletzung", witzelt er.

„Und was bedeuten deine Tattoos? Und tut das eigentlich weh? Wieso kannst du so gut handwerken? Ich sehe dich immer schrauben im Hof oder sägen, höre die Bohrmaschine aus deiner Wohnung. Wieso hast du keine Familie? Was arbeitest du?" Alice beißt sich auf die Lippen. Sonst ist sie weder so neugierig noch so unhöflich insistierend. „Entschuldige bitte. Das sind alles Dinge, die mich nichts angehen."

Aber sie möchte ihn doch so gern näher kennenlernen, mehr über ihn erfahren. Sich an seinen Bauch kuscheln und denken, dass endlich alles gut wird. Hat sie das Letzte jetzt wirklich gedacht? Was ist nur los mit ihr?

„Nein, nein, schon gut. Ich habe dir ja auch Fragen gestellt. Aber … über manches rede ich nicht gern. Oder wenn, dann lieber in Ruhe. Hab 'ne harte Zeit hinter mir."

„Das dachte ich mir", sagt Alice mitfühlend und legt kurz ihre Hand auf seinen Arm.

*

Nach der letzten Runde über die Eisbahn, nach Würstchen, Punsch und Glühwein, nach gebrannten Mandeln und einem Lebkuchenherz jeweils „für die Damen" sind sie nun alle wieder daheim und jeweils froh, in der warmen Wohnung zu sein.

Alice steckt Augusta in die heiße Wanne, kredenzt ihr liebevoll bestrichene kleine „Bütterchen" und dann schläft ihr „Ferienkind", wie sie es nennt, nach einer kurzen Gutenachtgeschichte ein. Mit glühenden Wangen und einem seligen Gesichtsausdruck mummelt sie unter dem dicken Federbett. Alice lehnt die Tür zum Schlafzimmer an, duscht heiß und kuschelt sich in ihren Pyjama.

Als sie sich gerade ein Gläschen Rotwein eingießt, klopft es an der Tür. Mann und Hund aus dem Erdgeschoss.

„Hast du vielleicht was gegen Erkältung?"

„Ich hab 'ne Menge gegen Erkältung!", lacht Alice. „Komm rein!"

Lars fröstelt. Der Heißwasserboiler in seiner Bude ist etwas defekt und so konnte er nur kurz heiß duschen. Da er zur Miete wohnt, ist seine Wohnung nicht modernisiert worden, so wie Alices, die die Renovierung damals vor dem Einzug hat vornehmen lassen. Teuer, aber lohnend. Dafür zahlt er eine günstige Miete für die fast 90 Quadratmeter. Im nächsten Jahr soll auch das Erdgeschoss saniert werden. Dann war es das wohl mit dem günstigen Wohnen.

Alice ist erschrocken darüber, wie mitgenommen ihr Nachbar aussieht.

„Mein *Wick MediNait* ist leer", grinst er schief.

„Von diesem Zeug halte ich wirklich nullo", grummelt Alice und muss fast lachen. „Nullo" sagen Lars und Augusta immer. Wie schnell sie sich diesen Sprech angewöhnt hat! Sie mustert ihn. „Du holst dir jetzt mal deine Quietscheente und gehst dann hier in die Wanne! Inzwischen bereite ich dir ein warmes Ingwerwasser zu, Brühe habe ich auch noch eingefroren. Keine Widerrede!" Sie kann sehr energisch sein. „Hopp!"

Bald darauf genießt Lars das heiße Wasser in der Wanne, seine Gliederschmerzen lassen etwas nach. Dabei trinkt er den Ingwertee und löffelt anschließend noch, angetan mit dicken Socken und einem alten, gestreiften Bademantel, sein Süppchen.

Nikolaus hat eine kalte Frikadelle bekommen. Aber das bleibt ein Geheimnis zwischen Alice und ihm. Nun mag er sie noch lieber. Zufrieden liegt er auf ihren Füßen.

Eine Stunde und zwei Brandys später hat Alice im Ansatz Stationen aus Lars' Leben erfahren. Als es um Jasper geht, fällt es ihm zusehends und zuhörends schwer, zu sprechen. Außerdem ist er nun wirklich hinüber, erschöpft, durch.

Das Bad und alles andere haben ihm gutgetan, aber nun muss er ins Bett.

Als Alice nicht ganz verstehen kann und will, dass Jasper unauffindbar ist, wird er grantig:

„Das ist nun mal so. Komm bloß nicht auf schräge Gedanken, von wegen suchen oder so. Das ist mein Ding. Kümmere dich doch lieber mal um dich selbst. Du rennst doch vor deinem eigenen Leben davon!" Und dann lässt er Alice verdattert und verletzt sowie beschämt zurück. Ach nein. „Danke für alles", brummt Lars noch. Dann sind er und der aus dem Schlaf geschreckte Nikolaus verschwunden.

Draußen fällt, in flauschigen weißen Flocken, leise der Schnee.

13

Dezember

Lars hat keine gute Nacht. Fiebrig träumend wälzt er sich hin und her, wacht auf, um dann wieder in einen Halbdämmer zu fallen. Sein Kopf schmerzt wie verrückt, sein Hals ebenfalls, er schwitzt, er friert.

Trotzdem quält er sich am Morgen aus dem Bett, schlüpft in warme Kleidung, trinkt einen Tee und schleppt sich mit dem freudig hechelnden und wuffenden Nikolaus aus dem Haus.

Frau Wiegand sitzt am Frühstückstisch und ist in die Zeitung vertieft. Eben hat Alice ihr mitgeteilt, dass sie am Montag zum Friseur gehen werden und danach entweder shoppen, wie man es heutzutage nennt, oder zumindest essen. Wie dünn die hübsche rothaarige Nachbarin – „Nennen Sie mich doch Alice"; „Gern, ich heiße Marianne" – geworden ist! Es war ja noch nie viel an ihr dran, aber jetzt scheint es, als ernährte sie sich von einem Portiönchen Vogelfutter am Tag. Wie lieb sie sich immer um alle kümmert. Aber wer kümmert sich um sie? Offenbar ist die Geschichte mit dem streng gescheitelten Immobilienmakler, dessen Auto mit Werbeaufdruck öfters vor dem Haus parkte, vorbei.

Marianne Wiegand hat die Zeitung beiseitegelegt und schaut sinnend aus dem Fenster. Dann trinkt sie

einen Schluck Kaffee, beißt von ihrem Marmeladen-
brot ab. Blickt wieder aus dem Fenster, die Autos
sind noch schneebedeckt, die Straßen und Bürger-
steige haben Schneeschaufelfurten, auch die Fens-
terbänke der gegenüberliegenden Häuser tragen
Decken aus Schnee. Sie hört Lars und Nikolaus im
Hausflur, die Tür schlägt zu, wahrscheinlich der all-
morgendliche Gassigang. Eigentlich würde doch der
Herr Schuchardt prima zu der zarten Frau Faasen,
äh, Alice passen. So ein patenter Kerl! Und auch al-
leinstehend.

Sie geht hinüber ins Wohnzimmer. Walter lächelt
sie an.

„Ach, mein Schatzele, ich weiß nicht, warum
die jungen Leute es immer so kompliziert machen
mit der Liebe. Aber vielleicht hat nicht jeder so viel
Glück wie wir. Liebe auf den ersten Blick und für ein
Leben lang. Das ist auch ein Geschenk."

Sie weint ein wenig, aber lächelt auch dabei. Ja,
Walter war wirklich ein Geschenk.

Dann geht sie in die Küche zurück, pustet das
Teelicht auf dem Weihnachtsengel aus und begibt
sich ins Bad.

*

Lars steht keuchend an der Straße, die zum Park
führt und sucht Halt an einem parkenden Auto. Ihm
ist schwindelig, ihm ist speiübel, sein Herz rast und
er weiß weder ein noch aus.

Und er macht sich Vorwürfe.

Was ist passiert?

Genau das fragt auch Alice, die, nachdem sie ihr
Ferienkind zur Schule gebracht und noch schnell ein
paar Einkäufe erledigt hat, nun wieder vor der Haustür parkt, Tüten und anderen Püngel auf den Stufen

vor der Haustür abstellt und einen schwankenden Lars nahen sieht.

Ja, was ist passiert? Folgendes:

Lars und Nikolaus wollen nur eine kleine Parkrunde drehen. Vielleicht können Alice und Augusta ja später eine längere Tour mit ihm unternehmen, Augusta liebt Nikolaus und war schon öfters mit ihm Gassi. Natürlich immer in Lars' Begleitung. Kurz vor ihrem Ziel geschieht es:

Nikolaus sieht einen seiner Hundekumpels auf der gegenüberliegenden Seite und zieht und zerrt an der Leine, bellt und wedelt wie wild mit seiner Rute, springt wie ein Verrückter – und reißt sich los. Das heißt, er hat sich irgendwie seines Halsbandes entledigen können und läuft über die Straße – vor ein Auto!

„NIKOLAUS!", schreit Lars zutiefst erschrocken. Alles läuft in Sekundenschnelle ab, keine Zeit, irgendwie zu reagieren. „NIKOLAUS!", schreit Lars wieder in Panik.

Die Straße ist teilweise noch von Schnee bedeckt, die Morgensonne blendet. Niko schreit auf wie ein Kind, als er vom Auto touchiert wird. Dann läuft er in Panik davon. Der erschrockene Fahrer, zwei Passanten, darunter der andere Hundebesitzer und natürlich Lars machen sich auf die Suche nach ihm, aber bleiben erfolglos.

„Es tut mir so schrecklich leid!", sagt der Fahrer ein ums andere Mal.

„Das ist nicht Ihre Schuld." Lars hat Tränen in den Augen. Er ist vollkommen fertig, körperlich, seelisch. Was ist nur los? Hat er denn ständig Unglück? Ständig Scheiße am Bein? Wie soll Nikolaus in der Kälte überleben? Verletzt und verängstigt?

Sie brechen die Suche ab, der Autofahrer bringt den entkräfteten Lars noch bis fast nach Hause, sie haben Adressen ausgetauscht, er wohnt nicht weit entfernt und ist wirklich sehr zerknirscht. Lars ebenfalls, denn er hat Nikolaus das Halsband nicht richtig angelegt.

„Verdammte Hacke!", ruft er. Und nimmt dann Alice wahr, die mit fragendem Gesichtsausdruck in einem Haufen von Tüten und Taschen und Körben steht. Oje, Alice! Die hat er gestern Abend ganz schön vor den Kopf gestoßen. Mist, auch das jetzt noch. Aber in puncto Jasper ist er nun mal empfindlich. Trotzdem hat er überreagiert.

„Es tut mir leid wegen …"

„… ist passiert?", sagen beide gleichzeitig.

Kurz darauf hat Lars ihre Einkäufe mit nach oben verfrachtet, sie haben eine ebenfalls besorgte Frau Wiegand versucht zu beruhigen, die gerade aus der Tür kam und von Nikolaus' Verschwinden hörte. Und dann stupst Alice den brummigen, schwitzenden, frierenden, blassen, traurigen, hilflosen Nachbarn auf ihr Sofa, zieht ihm die Schuhe aus, legt eine Decke über ihn und stellt den Wasserkocher an.

„Alice, es tut mir so leid, alles …!"

„Schh…, halte jetzt einfach mal den Mund. Du hast Fieber und gehörst ins Bett. Ich mach dir grad noch was Gutes zu trinken. Und dann wird geschlafen."

Lars, mit verschwitzt-nassem Haar und inzwischen rötlichen Fieberbäckchen und glasigen Augen, trinkt das Ingwerwasser mit Honig, Pfeffer und frischem Orangensaft und sinkt erschöpft zurück.

„Ich werde gleich auf die Suche nach Nikolaus gehen. Meine Freundinnen und ihre Kinder können mir helfen. Außerdem werde ich Zettel verteilen und an Bäume und Laternenmasten kleben. Ich muss dann nur schnell ins Büro, da kann ich kopieren …"

„Nein, kopiere in dem Copyshop an der Ecke, der gehört 'nem Kumpel von mir. Ist mir noch einen Gefallen schuldig."

„Aha? Ich brauche noch ein Foto von Nikolaus", bittet Alice.

Lars gibt ihr seinen Wohnungsschlüssel und erklärt ihr, wo sie suchen muss.

Wieder einmal ist Alice beeindruckt von seiner „Bude", wie er seine Wohnung nennt, trotz Stuck und Parkett wirkt sie frisch und trotzdem gemütlich, kein Chichi steht herum, aber sie trägt auch nicht diese typische Jungshandschrift mit schwarzem Ledersofa, Glas, Stahl und teurer Kaffeemaschine. Stattdessen gibt es hier wohl handgebrühten Omakaffee, wie ein etwas vergilbter Porzellanfilter vermuten lässt. Der Küchentisch ist alt, riesig und besitzt viel Patina, ein Küchensofa und ein Sammelsurium an Stühlen umgeben ihn. Gern würde sie sich noch ein wenig umsehen. Hier riecht es auch so gut. Nach ihm. Patrick war ihr merkwürdig geruchslos vorgekommen, seine Duftquelle war sein Eau de Toilette, das er wie eine Standarte vor sich her trug, sich aber nie zu etwas Individuellem entfaltete.

Vielleicht war er ja die Menschmaschine, denkt Alice nun etwas albern kichernd. Müdigkeit, der Trubel und nun der kranke Lars und der verschwundene Nikolausi zerren doch etwas an ihren Kraftreserven.

Lars ist erschöpft auf Uromas Couch eingeschlafen. Liebevoll blickt Alice ihn an. Wie ein Bär wirkt er auf dem eher filigranen Möbel. Und schnarchen tut er auf jeden Fall so.

Sie räumt die Einkäufe aus, schreibt eine WhatsApp-Nachricht an ihre Freundinnen wegen der Suche und hat bald darauf den Copyshop besucht und die Suchmeldung, die sie schnell zuhause zusammengeschrieben hat, vervielfältigt.

*

Yannik Baum ist elf Jahre alt und kann heute früher von der Schule nach Hause gehen, weil eine Doppelstunde ausfällt. Als er nach seinem Schlüssel kramt, hört er ein merkwürdiges Geräusch. Er lauscht. Das scheint ein Hund zu sein. Nur, wo steckt er? Er sieht keinen Hund.

Suchend geht er ein paar Schritte weiter. In einem geschützten Hauseingang liegt der winselnde Nikolaus.

Widerstrebend lässt sich Nikolaus anlocken. Er humpelt etwas, an seinem rechten Hinterlauf klebt Blut.

Yannick wünscht sich schon lange einen Hund. Vielleicht ist der hier ja eine Art verfrühtes Weihnachtsgeschenk für ihn?

*

Frau Wiegand hat das Teelicht auf ihrem Weihnachtsengelchen wieder angezündet. Hoffentlich findet der Suchtrupp Herrn Schuchardts Hund! Sie mag ihren felligen Nachbarn, eigentlich beide, sehr gern.

14
Dezember

„Nikolaus ist futsch!", schrie Augusta in den Hörer.

Als Alice ihr so schonend wie möglich von Nikolaus' Verschwinden berichtete, brach sie erst einmal in Tränen aus und Alice hatte einige Mühe, sie zu trösten.

Und als sie mit ihrer Mutter telefonierte, flossen die Tränchen wieder. Die Sorge um ihre geliebte Omi und getrennt von Mami und Papi und Friedi, wie sie Friederike nennt, das ist, zusammen mit Nikolaus' Flucht, einfach zu viel für das kleine Wesen. Ihre heile kleine Welt erfährt gerade einen Tsunami an Ängsten und Aufregung. Auch schöne Aufregung. Das Übernachtendürfen bei Alice, das schwerstes Verwöhnprogramm beinhaltet, das Eislaufen und und und sind schon dolle Sachen. Aber jetzt vermisste sie Mami ganz doll und hatte Angst.

Am nächsten Tag wollen ihre Eltern abends zurückkommen, Omas Zustand sei stabil und vielleicht reist Mama am Wochenende noch einmal nach Porta, dann aber mit Augusta.

*

Während Lars noch grippe-komatös auf dem Sofa schnarchte und röchelte, zogen Augusta und Alice also los, um die Kopien zu verteilen. Nina mit ihren 15-jährigen Zwillingen Phil und Ben und Lilian mit der fast siebenjährigen Mia und ihrer sieben Jahre älteren Schwester Zoe warteten bereits vor der Tür. Alice war erleichtert, sie alle zu sehen. Sie ist die Patentante aller Kinder und wurde entsprechend freudig begrüßt. Für Tante Alice begibt man sich auch auf Hundesuche, vollkommen klar. Bald schwärmten sie in verschiedene Richtungen aus und wollten sich später kurz auf dem Weihnachtsmarkt treffen.

Alice und Augusta gondelten also durch die nächste Nachbarschaft, klebten und verteilten Zettel, auch in den naheliegenden Geschäften und im Park.

Niemand hatte Nikolaus gesehen, viele kennen ihn aber. Der große Zottelhund und sein großes Zottelherrchen sind bekannt wie bunte, na, genau!

Als sie den Weg zum Weihnachtsmarkt durchs Kaufhaus abkürzten, fuhr Alice der Schreck in die Glieder: Patrick! In der Sockenabteilung! Gerade wandte er sich in ihre Richtung. Hastig packte sie Augusta an der Hand und duckte sich hinter einem Rondell mit Blusen.

„Uiii, Alice, spielen wir hier Verstecken?", lachte Augusta.

„Pscht!"

Kurz war Augusta still.

„Hast du Nikolaus gesehen?", fragte das Kind, weil nur Kinder solche Fragen stellen.

Eine Verkäuferin stolperte über Augusta und konnte sich gerade noch am Rondell festhalten, das aber natürlich in Bewegung geriet und sie halb auf die beiden Häschen in der Kaufhausgrube fallen ließ.

„Jessas! Ich habe Sie gar nicht gesehen! Ist Ihnen schlecht?" Mühsam rappelte sich die Verkäuferin auf, hielt sich an ein paar aufgebügelten Blusen fest, setzte damit das Karussell wieder halb in Bewegung und geriet erneut ins Taumeln. Ein paar Kunden blickten skeptisch auf die Szenerie. Endlich stand die Dame vom Personal wieder senkrecht.

„Alice, müssen wir uns noch länger verstecken?"

„Nein, Spatz, wir sind sowieso zu auffällig." Alice streckte sich ein wenig mühsam aus der Hocke und half dem Kind, sich aufzurichten.

Mit einem schnellen Blick in die Strumpfabteilung stellte Alice fest, dass ihr Ex fort war. Gott sei Dank! Erleichtert atmete sie aus, pustete sich selbst Frischluft ins erhitzte Gesicht und strich sich eine Haarsträhne hinters Ohr.

Alice entschuldigte sich bei der Verkäuferin und strebte mit Augusta in Richtung Ausgang. Da! Patrick stand an der Zentralkasse an! Abrupt stoppte Alice, Augusta stolperte und stürzte fast, dann wurde sie auch schon hinter eine Säule geschleift. Vorsichtig linste Alice dahinter hervor, um Patrick beobachten zu können.

Er trug den dunkelblauen Mantel, den sie beide vergangenes Jahr gemeinsam im Winter gekauft hatten. Im Winter-SCHLUSSVERKAUF natürlich. Wochenlang war Patrick immer wieder um das Modell herumgeschlichen, hatte es anprobiert, aber nicht gekauft.

„Zu teuer. Wird doch bald reduziert."

„Aber dann sind doch nicht mehr alle Größen da." Und so war es auch. Im WSV gab es den Mantel zwar noch, aber nur noch in großen Größen. Drama!

„Patrick, ich hatte dir doch gesagt …"

„Ach ja, Fräulein Schlaumeier, du könntest ja mal gemeinsam mit mir überlegen, wie und wo ich ihn nun doch noch erstehen kann, ich bin eben nicht mit einem goldenen Löffel im Hintern … blabla …, sparsam leben … blabla …, Haus kaufen …, ohne Fleiß … blabla."

Entnervt hatte Alice ihn irgendwann stehen lassen, weil seine Tirade nicht endete, sondern in einem seiner cholerischen Anfälle zu münden drohte. Wie gut, dass dieser Zinnober endlich vorbei war. Richtig bösartig war er ihr gegenüber geworden. Und nicht nur wegen dieses bescheuerten Mantels, sondern wegen vieler Kleinigkeiten. Jedenfalls hatte er ihn am Ende doch bekommen, weil er täglich um die Verkäuferinnen herumscharwenzelte und sie becircte, doch noch einen aus der anderen Filiale … säuselsäusel. Und dann trug er ihn eines Tages, stolz wie Oskar.

„Siehst du? Hartnäckigkeit führt ans Ziel. Ich habe hundert Euro gespart. Hundert Euro!"

Alice verkniff sich zu sagen, er könne sie davon ja zum Essen einladen. Denn das war ihm fremd.

„Hundert Euro, hundert Euro!", äffte sie ihn nun nach, zog ein blödes Gesicht und wackelte mit dem Kopf, was Augusta zu der berechtigten Frage veranlasste:

„Was kostet hundert Euro, Alice?"

Patrick war nun durch den Haupteingang verschwunden und langsam gingen auch Augusta und Alice hinaus.

Nach einem kurzen Punsch- und Glühweintrinken und einer Karussellfahrt für Mia und Augusta gingen sie heim.

*

Lars lag in Alices Bett. Mühsam hatte er sich zur Toilette geschleppt, und da der Weg zum Schlafzimmer kürzer ist als ins Wohnzimmer, ließ er sich erschöpft und schwindelig auf ihre Bettseite fallen. Augustas Seite war klar erkennbar an der Lillifeebettwäsche. Alices Duft aus dem Kopfkissen einsaugend schlummerte er wieder ein. Träumend von Jasper, Nikolaus und immer wieder Alice.

Jetzt liegt er in seinem Bett. Alice hat sein Fieber in der Nacht mit Wadenwickeln bekämpft, weil es doch immer höher stieg. So gut es ist, dass das Immunsystem anspringt, nun wurde es ihr etwas zu kritisch.

Er war mühsam nach unten in seine Wohnung gezuckelt, wo sie ihm die Wadenwickel verpasste, ihm Saft einflößte und regelmäßig nach ihm sah. Oben schlief Augusta mit roten Bäckchen unterm Federbett.

15

Dezember

Heute sind es noch neun Tage bis Weihnachten und Nikolaus fehlt und sie hat noch keinen Baum und ein paar Geschenke fehlen auch noch, sie hat noch einen posttraumatischen Hysteriekicheranfall wegen Patrick und des Blusenrondells und muss ganz dringend noch etwas herausfinden. Und schlafen und überhaupt ausruhen. Und duschen und Wäsche waschen. Ein Glück, dass die Guntermanns abends wiederkehren.

*

Lars' Fieber ist fast Geschichte. Aber er ist noch sehr schwach. Hat am Rande nur mitbekommen, wie Alice nach ihm sah und seine Stirn streichelte und kühlte und liebe Dinge sagte. Sein Vögelchen! Wobei „sein" nicht wirklich zutrifft. Aber was nicht ist, kann ja noch werden. Wenn nur Niko endlich … und Jasper …

Mit Tränen in den Augen schläft er ein.

*

Yannick Baum hatte Niko notdürftig versorgt, ihm Wasser gegeben und war dann unterwegs, um Hundefutter zu kaufen. Der Hund lag auf einigen alten

Decken und Kissen auf dem Speicher. Mama und Papa sollten ihn noch nicht sehen.

Unterwegs begegnete er einer rothaarigen Frau und einem kleinen Mädchen, die Zettel verteilten und an Laternen und Bäume klebten. Nein, er habe keinen Hund gesehen. Fast panikartig lief er weiter.

Später riss er alle Zettel, die er finden konnte, ab und stopfte sie in einen Mülleimer.

*

Alice hat geduscht und sich kurz das Haar geföhnt. Im Bett liegend hat sie ihren Laptop auf ihrem Schoß und ist im Facebook unterwegs.

Augusta wird heute von der Mutter ihrer Freundin abgeholt und bleibt dann dort zum Mittagessen und Spielen, ihre Familie wird sie später abholen. Deshalb kann Alice nun ganz in Ruhe ein wenig entspannen.

Bald hat sie Sina Schuchardt-Williams gefunden. Und eine Nachricht gesendet. Jedoch hat sie die Zeitverschiebung vergessen. Neun Stunden Unterschied. Aber sie kann warten.

*

Nikolaus winselt in seinem Versteck. Er muss dringend Gassi!

Yannick hat sich ganz früh schon mit Nikolaus aus dem Haus geschlichen, um ihn sein Geschäft machen zu lassen. Das Tier ist verstört, wimmert und winselt. Er versteht die Welt nicht mehr. Wo ist sein geliebtes Herrchen? Wieso holt ihn niemand hier ab? Wer ist der Junge? Wo ist er? Was ist passiert? Er hat noch immer einen Schock, durch den er langsam die Schmerzen am Hinterlauf spürt. Er will hier weg!

Wird alles wieder so wie in dem Zwinger, in dem er als Welpe gelandet war?

*

Der Schnee ist dem Regen und milderen Temperaturen gewichen. Ab morgen soll es wieder kalt werden. Was für ein Auf und Ab! Matsch auf den Straßen, ein Eilen und ein Hasten, Jahresendzeitwahnsinn im Temperaturwechselbad.

Lars ist noch etwas matt, aber inzwischen in der Lage, zu duschen und kurz ein paar Einkäufe zu erledigen. Vorher meldet er im Online-Hundesuchdienst und bei Facebook Nikolaus als vermisst.

Er läuft auch die Gassistrecke ab. Kein Nikolaus. Er befragt andere Hundebesitzer, die um diese Zeit ihre Fellnasen ausführen. Niemand hat Niko gesehen, aber alle versprechen, die Augen aufzuhalten. Was Lars wütend macht, ist, dass er nirgendwo mehr die Suchzettel findet, die Alice verteilt haben will. Das gibt es doch wohl nicht!

Zornig stürmt er nach Hause und klingelt und klopft Sturm bei ihr.

Gerade hat sich Alice einen Kaffee gemacht, als sie das „Ping" des Messengers aus dem Schlafzimmer hört. Eine Nachricht von Sina!

Dann schreckt sie zusammen, es klingelt und poltert an der Tür. Mist! Die Kaffeetasse in der Hand, weiß sie kurz nicht, wohin, der Kaffee schwappt über ihren Kuschelbademantel, an der Tür läutet es Sturm.

„Alice, bist du da?!"

Lars! Sie hechtet zur Tür, öffnet sie und wird fast von ihm umgerannt.

„Was ist denn pas…?"

„Es hängen nirgendwo Zettel!"

„Was für Zettel?"

„DIE STECKBRIEFE WEGEN NIKO!"

„Schrei mich nicht an!", sagt Alice wütend. Was fällt diesem Kerl ein? Sie reißt sich ein Bein aus, um nach SEINEM Hund zu suchen und um IHN gesund zu pflegen, und da kommt er ihr so?! Nein! „Du verlässt jetzt SOFORT meine Wohnung", sagt sie ganz ruhig. Ihre Augen blitzen.

Lars setzt zu einer Antwort an:

„Aber …"

„SOFORT! RAUS!" Sie reißt die Tür auf und gestikuliert klar und deutlich, dass er die Biege machen soll.

Lars ist perplex. Und schämt sich, noch bevor er im Flur steht. Unten in seiner Bude schlägt er sich mehrfach vor die Stirn. Hornochsen sind sicherlich sensibler und klüger als er. Alter Verwalter! Was hat er bloß angerichtet?

Den ganzen Tag denkt er darüber nach, wie er, neben einer formvollendeten Entschuldigung, Alice noch um Verzeihung bitten kann.

Alice zittert vor Wut! Was fällt diesem ungehobelten Klotz eigentlich ein? Der kann sie jetzt kreuzweise, so viel ist mal klar.

Fast hat sie vergessen, dass Sina Schuchardt-Williams sich gemeldet hat. Eigentlich kann ihr das jetzt auch egal sein. Aber das findet sie Sina gegenüber unhöflich. Und außerdem ist sie neugierig.

Lars sitzt wie ein Häufchen Elend an seinem Küchentisch. Was für eine gequirlte Kacke das alles ist. Dann kommt ihm eine Idee. Er schnappt sich seinen Parka und Schal, zieht seine Wollmütze über die Zotteln, steckt sein Portemonnaie ein und macht sich auf den Weg.

Im Hausflur läuft er beinahe Marianne Wiegand über den Haufen.

„Guten Tag, Lars. Habt ihr Nikolaus gefunden?"

„Nee, dafür hab ich aber riesen Bockmist gebaut. Ich muss mich jetzt beeilen, tut mir leid!" Und dann ist er schon zur Tür hinaus.

Kaum ist sie hinter ihm lautstark ins Schloss gefallen, kommt Alice die Treppe hinuntergestürmt, ihr Mantel ist schief geknöpft, fluchend versucht sie im Gehen, den Knirps aus seinem Futteral zu zerren und sich nebenher noch den Schal um den Hals zu wickeln.

„Hallo Marianne. Es tut mir leid, ich muss mich gerade ganz doll beeilen. Es bleibt beim 18., gell?" Und schon ist auch sie davongeflogen. Ein Vögelchen halt.

Eine Taube sitzt auf dem gegenüberliegenden Dach und sieht die beiden Menschen kurz nacheinander aus dem Haus stürmen und in verschiedene Richtungen laufen. Würde man die zwei weiterhin aus der Vogelperspektive betrachten, sähe man einen bemützten, noch blassen Lars mit großen Schritten in Richtung Stadt und Weihnachtsmarkt hasten und eine Alice, die suchend und stirnrunzelnd die gestrige Strecke noch einmal abläuft. Tatsächlich, keine Zettel mehr zu finden. Da war jemand gründlich. Aber warum?

*

Derweil sitzt Lars beim Friseur, reißt sich die Mütze vom Schopf und sagt:

„Ab!"

„Was? Ganz ab? Kurz? Nee, Alter, das mach ich nicht!" Sein Friseurkumpel, der zufällig gerade Zeit für diesen spontanen Walk-in-Kunden hat, verschränkt die Arme vor der Brust.

„Dann mach irgendwas, das mich mal wie ein vernünftiger Mensch aussehen lässt."

„Warum, zum Henker?"

„Weil ich was übelst Unvernünftiges verbockt habe. Und weil sich mein Leben endlich mal wieder zum Guten wenden soll. Ich will einfach, dass mir mal wieder die Sonne aus dem Arsch scheint."

In diesem Moment kommt der Postbote in den Friseurladen und legt vorsichtig einen Stapel Briefe auf den Anmeldetresen. Etwas ängstlich blickt er zu Lars und Guido, dem Friseur.

„Schönen Tag noooooch!"

„Und du meinst, 'ne neue Frise ist jetzt die Lösung für alles? Kaffee?"

„Kaffee: ja, und Lösung: nein. Aber der erste Schritt in Richtung Neuland."

„Wohlan!", ruft Guido dann spöttisch und klappert mit der Schere.

*

Alice steht mitten auf dem Bürgersteig und versteht die Welt nicht mehr. Gut, alle Zettel können nicht weg sein, denn sie haben auch etliche in die Briefkästen der anliegenden Häuser geworfen.

Da öffnet sich gerade eine Haustür, ein junger, rothaariger Mann mit verschmitztem Blick in seinem sympathischen Gesicht schaut Alice an und kommt auf sie zu.

„Suchen Sie jemanden?"

„Ja, einen Hund. Gestern haben wir hier in der Nachbarschaft Zettel verteilt und an die Laternen geklebt und nun sind sie alle verschwunden, das gibt es doch nicht."

„Ach, Sie suchen den Nikolaus!"

Alice lächelt.

„Ja, genau den! Er wurde ja angefahren und nun befürchten wir, dass er verängstigt irgendwo hockt und friert. Oder irgendwo in einen Keller gefallen ist, obwohl, dazu ist er eigentlich zu groß, oder sich in einem Schuppen verkrochen hat."

„Ich fasse es nicht!"

„Was? Dass das passiert ist? Tja, ich auch ni…"

„Ich seh' den Nikolaus!", ruft der Rothaarige und die Taube, die Alice gefolgt ist, flattert erschrocken von einer Regenrinne.

Der junge Mann reißt die Augen auf und deutet mit dem Finger auf das Ende der Straße. Alice dreht sich in diese Richtung und traut ihren Augen nicht: Da sieht sie einen humpelnden Zottelhund angeleint neben einem Jungen herhinken.

„HEY!", schreit sie nun und läuft auf die beiden zu, gefolgt von dem jungen Mann.

Yannick hört ihre Rufe und gerät in Panik. Mist! Die Frau von gestern! Und jetzt will sie ihm Wuschel, wie er Nikolaus nennt, denn den Namen mag er viel lieber, wieder wegnehmen. Er zerrt an der improvisierten Leine und will mit Niko davonlaufen.

„Nikolaus! Nikolaus!"

Niko kann natürlich nicht so schnell laufen, wie Yannick es gern hätte. Außerdem hört er nun seinen Namen. Er winselt. Der Junge zieht und zerrt an ihm und das Halsband, das aus einem Stück dicker Kordel besteht, drückt sich schmerzhaft an seine Kehle. Schließlich hat Yannick ihn zum Haus geschleift und versucht zitternd, die Tür zu öffnen. Alice ist ihm dicht auf den Fersen.

*

Lars steht zuhause vor dem Spiegel und betrachtet sein neues Gesicht. Der Bart ist gestutzt, seine Zotteln ebenfalls, zehn Zentimeter sind gefallen und es ist tatsächlich ein Haarschnitt erkennbar.

„Nicht schlecht, Herr Schuchardt, gar nicht schlecht."

Er ist immer noch blass, die Grippe ist zu einer Erkältung normalen Grades geworden und er hat tatsächlich immer noch keinen Appetit. Seiner Figur kann das nur guttun, er hat bereits über ein Kilo abgenommen in der kurzen Zeit.

Ein großer Strauß weißer und pinkfarbener Amaryllis-Blumen steht in seinem Spülbecken. Damit will er Alice überraschen und sich natürlich entschuldigen.

Doch als er in seiner besten Jeans und einem saloppen weißen Hemd statt der ewigen Shirts an ihre Tür klopft, öffnet ihm niemand. Der Vogel ist also ausgeflogen.

*

Yannick hat es endlich geschafft, die Tür aufzuschließen. Hastig läuft er durch den Hausflur des Altbaus und schlüpft, den winselnden Nikolaus hinter sich herziehend, durch die Hintertür.

Atemlos steht Alice vor der Haustür, hinter der Niko und der Junge so eilig verschwunden sind. Der junge Mann steht hinter ihr. Sie presst das Gesicht auf die geätzten gläsernen Aussparungen der alten Holztür und späht in den Hausflur. Viel ist natürlich nicht erkennbar. Verdammt! Ihr Mitstreiter sucht bereits nach anderen Eingangsmöglichkeiten. Neben dem Haus verläuft eine etwa 1,80 m hohe Mauer, in der sich wiederum eine Holztür befindet. Alice folgt ihm.

„Ich habe überall geklingelt, aber das ist wohl ein Geisterhaus. Kein Mensch da. Oder einfach niemand, der unerwartetem Besuch die Tür öffnet. Zur Not rufe ich die Poliz…"

„Warten Sie mal", unterbricht sie der Rothaarige, dessen Name Raul ist. Ernsthaft. Der rothaarige Raul.

„Sie heißen Raul?" Er hat sich Alice vorgestellt. „Ich bin Alice Faasen. Hatten Sie ja doppelt Spaß als Kind, was?"

Er nickt.

„Yep. Heute sage ich einfach nur, wenn ein Spruch kommt: ‚Rothaarige können's besser.'"

Alice lacht.

„Aha. Und was genau?"

„Na, alles eben", sagt er verschmitzt und, als müsste er den Beweis antreten, erklimmt er den Knauf der Tür und schaut in einen vernachlässigten, kleinen, noch ein wenig vom Restschnee bedeckten Garten. Ein Rosenbogen trägt noch ein paar rote Blüten, die mit Schneekristallen bedeckt sind. Und dann pfeift er leise durch die Zähne.

„Was? Hast du Nikolaus gesehen?"

Da verliert er den Halt und rutscht von dem glitschigen Knauf ab.

*

Jasper ist aufgeregt. Sina hat ihm am Telefon von Alice erzählt. Dass sie die Nachbarin seines Vaters sei. Und helfen möchte, die beiden wieder zusammenzubringen. Dass sie einen sehr liebenswerten Eindruck mache. Ihm sogar Kohle für den Flug ins Rheinland geben würde. Als Weihnachtsgeschenk für die beiden sozusagen.

Unglaublich!

Aber Sina hat das abgelehnt. Eine wildfremde Frau, die ihrem Neffen Geld gibt, das kann und will sie nicht annehmen. Jedenfalls haben die beiden Folgendes ausgeheckt:

Sina überweist Alice das Geld, sie wiederum bucht das Ticket von München-Erding nach Düsseldorf Airport und holt Jasper von dort ab.

Verdammt. Aus der Nummer kommt er nun nicht mehr raus! Er steht jetzt in der kleinen Wohnung seiner Mutter.

Während seines Aufenthaltes in Amerika ist sie umgezogen und davon ausgegangen, dass er entweder länger in den USA bleiben wird oder aber danach eine eigene Wohnung bezieht. Wo und wovon finanziert, hat sie wohl nicht weiter gejuckt. Jedenfalls war sie von seiner Rückkehr nicht so riesig erbaut. Und schon gar nicht, als er mit ihr in Streit geriet, wegen ihrer Lügen. Die sie abstritt. Das Ende vom Lied war ein Zerwürfnis sondergleichen, sie hatte wütend ein paar Sachen gepackt und war zu einer Freundin gefahren. Und spätestens nächste Woche solle er eine Lösung gefunden haben für sein Wohnproblem und seine Zukunft. Er war und ist perplex, fassungslos, unendlich enttäuscht, traurig und wütend. Sein Kram ist in Kartons im Keller. Ganz toll!

„Hab dich auch lieb, Mami!", sagt er nun sarkastisch.

Heute Abend wird er erst einmal ein paar Kumpels treffen und sich richtig schön besaufen. Ging im Amiland ja nicht so gut, so unter 21.

Und jetzt nimmt er sein Smartphone zur Hand und loggt sich ins Facebook ein.

*

Raul ist etwas unglücklich gelandet und hat sich ein bisschen den Fuß verknackst. Nichtsdestotrotz steigt er noch einmal auf den Knauf. Alice fragt sich, ob Rothaarige per se automatisch dickköpfig und extrem zielstrebig sind. Eigenschaften, die sie von sich kennt …

Yannick hat Nikolaus in den Schuppen gebracht. Er weiß nicht mehr ein noch aus. Lange kann er den Hund nicht mehr vor Mama und Papa verstecken. Und wie soll das werden, wenn die Frau ständig hinter ihm her ist und jetzt sogar weiß, wo er wohnt? Ach, verdammter Mist!

Er setzt sich neben Niko und streichelt ihn. Er wollte Wuschel nicht wieder abgeben. Er wünscht sich doch so sehnlich einen Hund! Endlich jemand, mit dem er kuscheln kann und der sein bester Freund ist. In der Schule ist er ein Außenseiter. Wird wegen seiner abstehenden Ohren und seiner Lese-Rechtschreib-Schwäche gehänselt. Dabei ist er gut in Mathe und ein richtiger Computerfreak. Ein Nerd. So nennen ihn die andern.

„Na, Nerdi, hebste gleich ab? Ist doch so stürmisch draußen! Oooh, wenn du dich beim Fliegen verirrst, kommst'e nie mehr nach Hause – du kannst doch keine Schilder lesen!" Jeden Tag geht das so. Er hat es satt. Wuschel wird ihn bestimmt vor allen verteidigen.

In diesem Moment wird die Schuppentür aufgerissen und Raul steht vor ihm.

Erschrocken weicht Yannick zurück.

*

Im Hausflur trifft Lars Marianne Wiegand erneut. Sie sieht einen sehr veränderten und sehr aufgelösten Mann vor sich.

„Eierlikör?" Lars nickt nur mit Schafsblick und läuft auch wie ein Schaf hinter ihr her, in der Hand immer noch den Blumenstrauß. „Oder lieber was Stärkeres?"

Lars setzt sich steif in einen der Wohnzimmersessel. Nickt. Sitzt da wie ein grüner Junge vor seinem Tanzschulabschlussball, der seiner Angebeteten Blümeleins mitgebracht hat.

Nach dem zweiten „Jäckchen", wie Marianne den Cognac liebevoll nennt, weiß sie alles über den Streit mit Alice („Oje!"), die Verzweiflung über Nikos Verschwinden („Er wird wieder auftauchen, ganz bestimmt!") und diese tiefe Traurigkeit wegen Jasper (Schweigen, Hand halten und verständnisvolles Nicken). Schließlich sitzen beide da und heulen.

Und dann hören sie Stimmen im Hausflur und bald darauf die Klingel an Lars' Wohnungstür, die bis hierher dingdongt, weil Lars vergessen hat, die Tür zu Mariannes Wohnung zu schließen. Nikolaus bellt.

Lars springt auf und stößt ein Glas um, Marianne erhebt sich, Niko reißt sich los und läuft dem weinenden Lars entgegen, Yannick, von Alice und Raul mitgeschleppt, beginnt ebenfalls zu weinen und Raul und Alice sind furchtbar gerührt.

16
Dezember

Jetzt – nachdem eine Nacht über alles geschlafen wurde und Lars mit dem noch angeschlagenen Ni-kolaus, der gestern endlich zum Tierarzt gebracht wurde, „Schwere Prellung, Fleischwunde, aber er ist robust, er schafft das schon", auf der Couch liegt und selig schnarcht – scheint erst einmal Ruhe im Karton zu herrschen.

17

Dezember

Aber was ist denn mit Yannick, dem kleinen Hunderäuber?

Ihm war arg mulmig zumute, als der große bärtige Typ ihn sehr ernst ansah und ihn „sich zur Brust nahm", wie er den anderen erzählte.

Tatsächlich war er aber furchtbar lieb und echt okay zu ihm gewesen. Genauso wie Alice, die sehr schnell gespürt hatte, dass sie es hier mit keinem aggressiven Frühpubertierenden, sondern mit einer zarten, gebeutelten Seele zu tun hatte, war auch Lars mit feinen Antennen ausgestattet und wollte unter allen Umständen vermeiden, dass dieses blasse Bürschlein mit der Rotznase ein Trauma fürs Leben bekam. Oder noch eins zu seinen bestehenden dazu.

Nun darf sich Yannick, der sich schließlich auch artig entschuldigt hat, als Hundesitter betätigen. Außerdem will Lars ihn mal ein wenig unter die Fittiche nehmen, damit er sich gegen die Rowdies seiner Schule besser behaupten kann.

Ach ja, Friede, Freude und Eierkuchen von glücklichen Hühnern.

*

Jaspers Flug geht am Mittwoch um 7:15 Uhr. Ging es nicht noch früher? Alter! Doch, aber der Flug war bereits ausgebucht.

Er muss wirklich verdammt früh aufstehen, denn er muss ja mit der Bahn nach Erding raus. Also checkt er schon mal die Abfahrtszeiten und -orte.

*

Dasselbe tut Kim Shima aus Peking gerade. Er sitzt im Hotel „Zur Wies'n" und plant seinen Weiterflug nach Düsseldorf.

18
Dezember

Die Nacht hat neuen Frost gebracht und ein zartes Muster aus Eisblumen an die Fenster gezeichnet.

Verzaubert steht Alice an der Glasscheibe und betrachtet fasziniert die feinen Strukturen aus Mutter Naturs Schatzkiste. Schon als Kind hat sie das geliebt. Heute ist endlich mal Ruhe im Karton – zumindest hofft sie, dass dieser Tag einmal keine Aufregungen bereithält.

Vielleicht für Marianne Wiegand, die ein bisschen aufgeregt ist, wegen des Friseurtermins. Vor Weihnachten ist auch am Montag geöffnet. Das wird dann aber ein richtig schönes Erlebnis für die alte Dame, die es sehr genießt, verwöhnt zu werden. Sogar einen neuen Lippenstift, Rouge und später auch eine neue Bluse kauft sie sich, schlendert mit großen, strahlenden Augen mit Alice über den Weihnachtsmarkt und hat sich fröhlich bei ihr eingehakt. Das ist wirklich herzerwärmend. Sie fragt Alice rundheraus, ob auch sie in Lars verliebt sei, bei ihm sei es ja klar wie nur irgendwas, dass seine bezaubernde Nachbarin ihm gehörig den Kopf verdreht habe.

Alice kann diese Frage nicht hundertprozentig beantworten. Das geht ihr alles zu schnell. Der eine Idiot ist gerade auf seinem Planeten Mittelscheitel-Schlauschwätz zurückgeflogen und sie hat noch nicht ganz die Scherben weggekehrt, die er hinterließ. Und dann grätscht dieses Lebendigkeitsbündel aus dem Erdgeschoss in ihr Leben, stupst ihr sommersprossiges Näschen in neue Welten und wirbelt Staub auf.

„Ich weiß es noch nicht, Marianne", sagt sie also, den Becher Glühwein in beiden Händen haltend und auf das schillernde Kinderkarussell stierend. „Lars scheint mir sehr impulsiv zu sein und ich verzichte dankend auf weitere Choleriker in meinem Leben. Wenn es ein einmaliger oder seltener Ausrutscher war: Okay, Schwamm drüber. Aber entschuldigt hat er sich bisher noch nicht bei mir. Und das erwarte ich auf jeden Fall. Und dann einfach mal schauen, wie er sich im weiteren Verlauf so schickt." Beide lachen. „Ich habe es den Männern bisher immer zu einfach gemacht, glaube ich. Und dann fehlt es schnell mal an Wertschätzung für was und wer ich bin und wen sie an mir haben." Marianne nickt verständnisvoll. Alice fährt fort: „Ich habe das Gefühl, dass Männer lieber nicht ihr wahres Gesicht zeigen."

„Ihr könnt euch ja auch einfach Zeit lassen. Walter und ich sind damals auch über ein Jahr miteinander ausgegangen, bevor er mir einen Antrag machte. Aber ich wusste sofort, dass er der Richtige ist!" Bei dieser Erinnerung lächelt sie etwas traurig und Alice streichelt ihre Wange.

Als Dank für den schönen Tag schenkt Marianne ihr zum Abschluss noch eine niedliche Christbaumkugel in der Form eines fliegenden Schweins. Alice hat sie an einem Stand bewundert und Marianne lässt es sich nicht nehmen, sie ihr als kleine Aufmerksamkeit zu überreichen.

Das Schweinchen soll an den Weihnachtsbaum gehängt werden, den Alice heute erstens zu kaufen und zweitens zu schmücken gedenkt.

*

Später, als sie wieder zuhause ist, hört sie im Haus-flur die Guntermanns reden und lachen, die Kinder poltern die Treppe hinunter. Dann hört sie auch Lars, Nikolaus bellt kurz und es gibt noch mehr Gelächter und lautes Reden. Die Kinder begrüßen den verlore-nen Hund wohl freudig. Ja, es ist wirklich gut, dass Lars' Kamerad nun wieder da ist. Und dass sie alle Yannick ein wenig unterstützen werden.

Alice denkt über Jasper nach. So ein netter Kerl! Sie hat Fotos auf Facebook von ihm gesehen und seine Stimme am Telefon klang auch sehr sympa-thisch. Er sieht Lars sehr ähnlich. *Hoffentlich freut er sich wirklich, seinen Sohn zu sehen und findet mein Einmischen hier nicht übergriffig*, grübelt sie. *Aber das wird bestimmt nicht geschehen*, schiebt sie diesen Gedanken an die Seite. *Soll er sich doch freu-en, sein Kind wiederzuhaben.* Sie wünschte sich, sie hätte diese Möglichkeit. Aber das Leben hat wohl etwas anderes mit ihr vor.

Einige Zeit später brennen die Kerzen am Advents-kranz, im Hintergrund läuft Weihnachtsmusik und Alice steht mit einem Glas selbstgebrautem Glühwein vor dem Tannenbaum. Gerade als sie einen Schluck nimmt und überlegt, ob das Schweinchen, das sie übrigens Hartmut getauft hat, weil es aussieht wie ihr gutmütiger und leider verstorbener Onkel, an der Spitze des Baumes hängen soll, klingelt es an ihrer Wohnungstür. Och nööö, sie will jetzt nicht gestört werden. Seufzend geht sie, um die Tür zu öffnen.

Nikolaus stürmt herein und sein Herrchen be-steht gerade größtenteils aus weißen und pinkfar-benen Amaryllisknospen und -blüten, die er artig in einer Hand hält. Die andere Hand ist ebenfalls be-schäftigt mit dem Tragen einer Flasche Wein.

„Guten Abend, liebe Alice, dürfen wir eintreten?"

„Nun, die Frage hat sich durch Nikolaus doch schon erübrigt, oder?" Lars ist erleichtert. Vögelchen schmunzelt immerhin. Vielleicht gilt ihr liebevolles und nachsichtiges Wohlwollen aber auch nur seinem lädierten Zottelkumpel. „Komm rein!", fordert Alice ihn also auf. „Ich hab mir Glühwein gemacht, magst du auch?"

„Joa, da sag ich nicht Nein!"

Nikolaus lässt sich von Alice herzen und ein heimliches Leckerli zustecken, während Lars etwas unbeholfen im Wohnzimmer irgendwie im Weg steht und nicht weiß, wohin mit sich. Alice kommt mit einem dampfenden Becher zurück.

„Schöne Blumen."

Ihre grünen Augen blicken ihn aufmerksam an. Er fühlt sich beklommen.

„Alice, ich entschuldige mich in aller Form und wirklich zutiefst zerknirscht bei dir. Ich habe einen vollkommen überzogenen und unverhältnismäßigen Auftritt hingelegt. Ich habe nur noch Rot gesehen wegen der Sorge um Nikolaus. Außerdem kann ich dir nicht sagen, wie dankbar ich dafür bin, dass du meinen Nikolausi wiedergefunden hast!" Er hält ihr die Blumen entgegen. „Und die sind natürlich für dich. Wollte ich dir gestern schon geben, aber dann war ja so viel Wirbel."

„Vielen Dank! Die sind wirklich wunderschön!" Alice holt eine Vase, befüllt sie mit Wasser und stellt die Blütenpracht hinein. Sie platziert sie auf dem Esstisch.

Lars nimmt einen Schluck Glühwein.

„Wow, der ist gut!"

„Danke. Ja, der hat mit dem Gebräu auf den meisten Weihnachtsmärkten nicht viel gemeinsam."

Lars betrachtet den halb geschmückten Baum.

„Tut mir leid, ich wollte dich nicht stören oder lange aufhalten. Warum hast du den Baum denn alleine hier hochgeschleppt? Ich hätte dir doch helfen können."

„Du hältst mich nicht auf und du störst mich nicht und ich habe bisher immer die Bäume alleine in die erste Etage getragen. Das bringt mich nicht um."

„Nun sei doch nicht immer so emanzipiert!"

„Sag mir nicht, wie ich zu sein habe!"

Das kam schärfer heraus, als sie es beabsichtigt hatte. Aber Alice ist müde und außerdem möchte sie solche Gespräche nicht mehr führen.

„Tut mir leid. Ich will dir nichts vorschreiben. Wollte doch nur damit ausdrücken, dass ich dir gern geholfen hätte."

Alice seufzt.

„Jetzt setz dich doch erst einmal hin! Du stehst da herum wie Falschgeld." Und weil er genau vor der Couch steht, gibt sie ihm einen kleinen Stups und er plumpst auf die Couch. Den Glühwein hat er allerdings gut ausbalanciert. Sie setzt sich kichernd neben ihn. „Du hättest gerade mal dein Gesicht sehen sollen. Die menschgewordene Verblüffung!"

„Ha. Ha." Aber dann muss er auch lachen.

*

Einen Glühwein und eine fast geleerte Flasche Rotwein später ist der Baum geschmückt, die Entschuldigung angenommen und einiges besprochen worden, unter anderem, dass Alice ein Cholerikertrauma habe, sich nie wieder Vorschriften machen lassen und außerdem ihr Leben in etwas neue Bahnen lenken wolle.

„Vögelchen, das will ich doch auch. Und zwar eigentlich lieber heute als morgen, aber ich weiß aus

Erfahrung, dass gut Ding nun mal eben Weil braucht. Ich will dich mit nichts bedrängen. Aber es ist nun einmal so, dass du meinem Leben einen neuen Sinn gibst. In deiner Nähe fühle ich mich, als wäre ich endlich angekommen. Du gibst mir so viel Ruhe. Und ich habe das Gefühl, keine Leere mehr in mir zu haben, die ich mit irgendetwas ausfüllen muss. Mit Essen zum Beispiel. Meinst du, ich hatte immer so eine Figur? Ich hab früher echt viel Sport gemacht. Ich möchte wieder richtig in Form kommen. Und ich hab auch gar nichts gegen emanzipierte Frauen. Aber so'n bisschen Rittertum müsst ihr uns Jungs auch noch lassen. Noch Wein da?"

Alice verteilt den Rest aus der Flasche in die Gläser.

Dann schaltet sie die Beleuchtung am Baum an, das Licht aus und legt sich auf den Boden.

„Was genau machst du da?"

„So kann man am besten feststellen, ob der Baum gerade steht und ob er fachgerecht geschmückt wurde!" Sie hat den Zeigefinger erhoben und ein Schlaumeiergesicht aufgesetzt.

Lars legt sich neben sie. Und dann liegen sie da. Schweigend. Ganz still ist es. Lars nimmt ihre Hand.

„Ist Hartmut nicht wunderhübsch und süß?"

„Wer ist Hartmut?", fragt Lars verblüfft.

„Na, das allerliebste Schweinli an der Tannenbaumspitze. Es sieht aus wie mein verstorbener Onkel. Er war ein wunderbarer Mensch."

„Nun denn." Lars nimmt die beiden Gläser und reicht eines Alice. „Auf Hartmut!"

Und dann wacht Nikolaus auf, schnüffelt beiden begeistert durch das Gesicht und muss dringende Geschäfte erledigen.

*

Draußen ist es sternenklar und kalt. Alice hat sich ihren Parka und eine türkisfarbene Mütze geschnappt sowie ein paar Handschuhe. Nun sieht man die drei durch die Dunkelheit laufen.

Lars ist einfach nur happy, dass er seine Angebetete bei sich hat, dass sein geliebter Nikolausi wieder zurück ist, den Umständen entsprechend wohlbehalten. Und dass der Autofahrer gestern tatsächlich angerufen hat, um sich nach seinem armen Unfallopfer zu erkundigen.

Er lässt Niko von der Leine, hier kann er frei laufen. Wobei laufen noch nicht so ganz richtig ist.

Das Leben wird langsam, aber sicher wieder schön für Lars. Nur eins fehlt noch …, obwohl, mit und bei Alice ist er sich auch noch nicht sicher. Aber vielleicht, nach morgen Abend …?

Alice lächelt in sich hinein. Die kalte Luft hat ihre Wangen rot und ihre Nasenspitze rosa gefärbt. Sie hat einen Schwips und freut sich außerdem diebisch darüber, dass noch eine dicke Überraschung auf Lars wartet.

„Was heckst du aus, Vögelchen?"

„Nix, ich freu mich nur." Und dann schlägt sie ihn auf den Arm. „Du bist!", und läuft davon.

„Na warte!"

Lachend toben sie auf dem gefrorenen Gras der öffentlichen Grünfläche herum. Wenn Nikolaus es könnte, schüttelte er wohl den Kopf über diese beiden Bekloppten.

Jasper packt seinen Kram zusammen. Sollte er aus München fortziehen, kann er die Kartons mit seinen restlichen Sachen immer noch bei seinem Freund Karl abholen. Dort stehen sie jetzt auf dem Speicher, denn er hat keine Lust darauf, dass seine Mutter das alles irgendwann mal wegwerfen würde oder was auch immer. Er traut ihr inzwischen nicht mehr, aber alles zu.

*

Kim Shima hat den Flug nach Düsseldorf online gebucht. Seine Geschäfte haben ihn zuerst nach München gebracht und nun soll er für seine Firma weiter an den Rhein reisen. Kein Problem für ihn. Obwohl ihm die Fahrtkoordinaten mit der S-Bahn noch nicht so ganz transparent sind, schaut er frohen Mutes in die Zukunft und verbringt den Dienstag mit etwas Sightseeing.

*

Marei Huber hat gerade erfahren, dass auch sie morgen geschäftlich nach Düsseldorf muss. Sie soll in der

Düsseldorfer Filiale des Unternehmens, in dem sie ihr Praktikum absolviert, an einem Seminar teilnehmen. Der Flug ist bereits gebucht. Um 7:15 Uhr wird sie abheben. Oder doch zumindest der Flieger. Mit dem Auto möchte sie lieber nicht raus nach Erding fahren, deshalb hat sie vor, die S-Bahn zu benutzen.

*

Kaum ist es hell geworden an diesem Dienstag, da bricht auch schon wieder die Nacht herein. Bald kommt der kürzeste Tag und dann wird es langsam, aber stetig wieder aufwärts gehen.

Alice ist nachmittags für ein Stündchen drüben bei Annika und den Kindern, sie tauschen Neuigkeiten aus. Annikas Mutter erholt sich weiterhin und überraschenderweise recht gut von ihrem Schlaganfall. Trotzdem befindet sie sich natürlich noch im Krankenhaus. Also wollen die Guntermanns am ersten Weihnachtstag zu ihr fahren.

Als Steffen nach Hause kommt, setzt er sich auf einen Kaffee zu ihnen. Dann pflückt Alice die beiden Mädchen von ihrem Schoß.

„So, ihr Mäuse, Schluss im Bus, noch einen Kuss und dann …?"

„Tschuss!", brüllen die beiden.

Das ist ein kleines Ritual von Alice und den Kindern.

In ihrer Wohnung legt sie sich auf die Couch und hält ein kleines Nickerchen. Die vergangenen Tage waren so ausgefüllt, sie kam kaum zum Schlafen, geschweige denn zum Nachdenken. Und das ist ihr ja auch recht gewesen. Die letzten zwei Jahre kann sie nicht löschen, auch nicht das böse Ende. Aber sie kann, denkt sie im Halbschlaf, jetzt einfach nur nach vorne schauen, das Jetzt genießen und sich auf all das freuen, was da kommen mag.

Ihr Handy weckt sie zwei Stunden später. Lars hatte sie gestern gebeten, zum späten Gassigehen mitzukommen, weil es doch zuletzt so schön war.

Alice hatte sich breitschlagen lassen und bereut es nun fast. *Na ja, schlafen kann man ja auch noch, wenn man tot ist*, denkt sie.

*

Dieses Mal schlägt Lars einen anderen Weg als sonst ein. Er nimmt Alice an die Hand und zittert innerlich vor Aufregung und Vorfreude auf ihr überraschtes und hoffentlich strahlendes Gesicht. Nikolaus trödelt unendlich herum, scheint es ihm heute. Wie oft kann ein Hund innerhalb zwei Minuten das Bein heben? Wie lange an einem briefmarkengroßen Dingsbums herumschnüffeln?

„Mann, ey, Nikolaus, jetzt komm doch mal."

Alice ist etwas verwundert und sagt:

„Man könnte meinen, du hättest es eilig."

Hab ich ja auch, denkt Lars bei sich.

Sie laufen in Richtung Weihnachtsmarkt, der bereits seine Pforten geschlossen hat. Sozusagen.

„Möchtest du etwa noch ein Würstchen? Du, ich glaube, dazu ist es jetzt zu spät." Alice lacht.

Lars schweigt sich aus, schaut nur geheimnisvoll drein und führt sie durch die Budengänge, um dann an der Eisbahn Halt zu machen. Die Eisbahn hat jetzt natürlich auch geschlossen. Keine Menschenseele ist mehr hier, alles ist dunkel. Lars drückt ihr Nikolaus' Leine in die Hand.

„Warte mal kurz." Dann verschwindet er in der Kabine, in der sonst immer sein Kumpel, der Eisbahnbetreiber sitzt. Kurz darauf flammt das Licht an der Eisbahn auf.

Alice erschrickt ein wenig. Was passiert denn nun?

Lars und sein Kumpel verlassen die Kabine, kommen grinsend auf sie zu.

„Alice, du kennst ja meinen Kumpel Thomas.‟

Alice und Thomas begrüßen einander und dann händigt Thomas Alice ein Paar Schlittschuhe aus.

„Hier, schöne Frau. Größe 38.‟

„Oh, danke‟, sagt Alice verdutzt.

Bald darauf steht sie mit Lars auf dem Eis. Nikolaus und Thomas haben sich in die warme Kabine verzogen. Und dann ertönt Musik: „Magic‟ von Coldplay. Und dann nimmt Lars ihre Hand und zieht sie mit sich. Romantischer wird es heute nicht mehr.

Ihre ganzen Lieblingssongs hat Lars neulich aus ihr herausgequetscht und nun weiß sie auch, warum. Alice strahlt heller als alle Christbäume der Stadt. Sie singt mit, dreht Runde um Runde mit dem ebenfalls strahlenden Lars. Die Luft ist kalt, aber ihr wird immer wärmer, auch ums Herz, und ihr Begleiter, der ihre zarte Hand nicht mehr aus seiner Pranke lässt, freut sich wie Bolle, dass seine Überraschung, sein Wiedergutmachungs- und Dankeschön-Geschenk so ein Treffer ist.

Mit roten Wangen bedankt sie sich ein ums andere Mal bei ihm.

„Lars, das ist SO schön! Musstest du Thomas bestechen, damit er so spät noch mal öffnet?‟

„Er war mir noch einen Gefallen schuldig …‟

Alice lacht.

„Bist du der Pate vom Rhein?‟

„Nicht ganz‟, wehrt er bescheiden ab.

Dann wird Philip Poisels „Erkläre mir die Liebe‟ gespielt und die beiden stehen mitten auf dem Eis.

„Ich kann dir die Liebe nicht erklären, Vögelchen. Nur, dass es sie gibt und sie sich verdammt gut anfühlen kann.‟ Und dann küsst er sie.

Und eigentlich, denkt Alice, *hätte er das längst schon einmal tun können.*

Thomas und Nikolaus schauen den beiden lächelnd aus der Kabine heraus zu. Ja, auch Hunde können manchmal lächeln. Man muss nur ganz genau hinschauen, um es sehen zu können.

20

Dezember

Jasper steht am S-Bahnhof und zieht sein Ticket am Automaten. Kurz bevor die Bahn eintrifft, gesellen sich ein hektischer Asiate und ein hübsches, blondes, kleines Mädel zu ihm. Gut, Mädel …, sie wird wohl in seinem Alter sein. Bevor sie sich ein Ticket ziehen kann, hastet der Asiate auf sie zu.

„To the airport?"

Marei antwortet, dass dies das richtige Gleis sei und die nächste Bahn zum Flughafen führe.

„Ich habe family ticket. You want to share with me. I bought wrong ticket. Family ticket. You can ride with me …"

So hält er sich daran, Marei ist etwas überrumpelt. Aber gut, wenn er sie einladen will, warum nicht? Und da fährt bereits die Bahn ein.

Die drei nehmen Platz, noch ist die Bahn nicht überfüllt.

„And now you can give me the money", sagt Herr Shima zu Marei.

„Wie jetzt?"

„Yes, you ride with me on my ticket you have to pay. Is family ticket."

Jasper schaut in Mareis konsterniertes Gesicht und lacht in sich hinein. Was für eine Type. Marei kramt den Betrag aus ihrem Portemonnaie und gibt Herrn Shima die Münzen.

Dann schaut sie hinaus in die Dunkelheit. Sie passieren eine Kläranlage, der Geruch dringt bis ins Abteil.

Herr Shima lächelt unentwegt und brabbelt vor sich hin.

„O, riechte nich gut. Stinkt hier!" Er rümpft die Nase. „Stinkt, stinkt, nicht gute Geruch." Er nickt bekräftigend.

Jasper verbeißt sich das Lachen.

Marei möchte einfach nur ihre Ruhe haben, sie kramt in ihrer Tasche nach ihren Kopfhörern.

„Riecht wie Cheise! Wie Cheise! Stinkt, haha, stinkt wie Cheise. Alles Cheise!" Er nickt und wippt mit dem Oberkörper vor und zurück.

Asiatischer Hospitalismus, denkt Jasper.

Zwei Stationen weiter bleibt die Bahn stehen. Sie müssen zehn Minuten warten wegen Gleisarbeiten.

Herr Shima wird nun noch hektischer.

„What is the matter? Stop wegen Cheise?"

„Nein, nein, die Cheise ist schon vorbei …", erklärt ihm Marei, aber er schüttelt den Kopf.

Jasper versucht, es ihm auf Englisch begreiflich zu machen, aber der Chinese ist zu nervös, um ihn zu verstehen. Hektisch rafft er seine Sachen zusammen und verlässt die Bahn, um mit dem Taxi oder womit auch immer weiterzufahren.

In diesem Moment schrillt das Signal des Türenschließens in ihre Ohren und die Bahn nimmt wieder Fahrt auf. Marei ist perplex.

„Na toll, jetzt fahre ich schwarz!"

Jasper will sich ausschütten vor Lachen.

Und dann lacht Marei auch.

„Cheise, alles Cheise!"

„Stinkt, alles Cheise!"

Beide wippen mit dem Oberkörper vor und zurück.

„I suffer from Asian Hospitalism!"

Beide kreischen nun und kriegen sich nicht mehr ein. Zum Glück für Marei gibt es übrigens keine Fahrscheinkontrolle.

Der Zufall – oder das Schicksal – will es, dass sie im Flieger nebeneinander sitzen. Und da ist Jasper bereits verknallt.

Am Flughafen in Düsseldorf erwartet ihn Alice.

*

Lars hat noch keine Ahnung von dem, was vor sich geht, ist er doch bereits ganz früh am Morgen, mit Nikolaus im Schlepptau, mit seiner Klasse nach Winterberg gefahren – Wandertag mit Übernachtung! Eigentlich sollte dort Ski gefahren oder gerodelt werden, doch der Winter geizt gerade mit Schnee. Also wird es wohl auf Wanderungen und sportliche Aktivitäten in der und um die Jugendherberge hinauslaufen. Nikolaus ist jedenfalls sofort der Star bei den Schülern und lässt sich ihre Streicheleinheiten und Aufmerksamkeit nur zu gern gefallen. Lars ist immer noch ganz erfüllt vom gestrigen Abend und seine Gedanken wandern immer wieder zur Eisbahn, zu Alices strahlendem Gesicht und ihren kühlen Lippen zurück, die ihm einen wunderbaren Schauer über den Rücken versetzten, als er sich endlich traute, sie zu küssen.

„Herr Schuchardt, wo gibt es hier einen Supermarkt? – Herr Schuchardt, wann gibt es Essen?", holen ihn seine Schüler in die Realität zurück.

21

Dezember

Alice hätte Jasper gestern auch ohne Foto erkannt. Seine Ähnlichkeit zu seinem Vater ist wirklich frappierend.

Wenn er neben Alice steht, kommt er ihr noch größer vor als Lars, er hat die gleichen grünen Augen, blondes, dichtes Haar, das etwas strubbelig wirkt, trotzdem es kürzer geschnitten ist als das seines Vaters. Er hat die gleiche markante Nase, nur sein Mund ist etwas voller, wahrscheinlich ein Erbe seiner Mutter. Und natürlich wiegt er mindestens 15 kg weniger als Lars.

Jasper kommt es vor, als kenne er Alice schon ewig, so, als sei sie eine nahestehende Verwandte.

Die beiden sitzen in ihrem Wohnzimmer, erzählen einander von sich und natürlich von Lars, die Kerzen am Adventskranz brennen, Hartmut beobachtet die beiden von seiner exponierten Lage aus und Alice glüht vor Freude und Glück. Und vor Aufregung.

Wie wird Lars reagieren?

Als sie gerade dabei ist, ein Abendbrot herzurichten, hört sie, dass Lars und Nikolaus von ihrem Ausflug nach Winterberg und einem kurzen Gassigang zurückkommen.

*

Jetzt setzt sich Lars an den Tisch, Nikolaus verschlingt sein Fresschen und sein Herrchen hat Herzeleid. Wenn er doch auch nur wieder etwas mit seinem Sohn unternehmen könnte, nicht nur mit seinen Schülern, die teilweise gleichaltrig sind wie Jasper. Die Tränen kommen ganz von selbst. Er schlägt die Hände vors Gesicht und schluchzt. Nikolaus kommt sofort zu ihm und stupst ihn mit der Schnauze an und winselt. Lars umarmt ihn.

„Ja, du bist ja mein Bester!"

Nikolausi spitzt auf einmal die Ohren: Er hat ein Geräusch an der Tür gehört. Und dann klopft es.

22

Dezember

Was war das gestern nur für ein Tag! So aufregend und schön und aufwühlend und überwältigend und, ach, alles aus Superlativen und Schönem gestrickt.

Nikolaus wuffte einmal kurz wegen des Klopfens und lief zur Tür, schnüffelte, spitzte wieder die Ohren und bellte noch einmal heiser.

Schwerfällig stand Lars auf. Während er zur Tür ging, wischte er sich die letzten Tränen aus dem Gesicht, und als er öffnete und in Alices Gesicht blickte, wusste er sofort, dass sie wusste. Sie schauten einander schweigend in die grünen Augen und Nikolaus stand dabei und verstand nicht, wie Menschen ticken. Warum sagten sie einander nichts? Berührten einander nicht? Es ist ja schon mehr als sonderbar, dass Menschen sich nie gegenseitig beschnüffeln.

Um mal Bewegung in die Sache zu bringen, stupste er die beiden abwechselnd an, und als auch das nicht half, gab er einfach Laut. Und weckte diese merkwürdigen Zweibeiner aus ihrer Trance.

„Du müsstest mir bitte mal helfen, mein Herd funktioniert nicht.“

„Ouh, mal sehen, ob ich das kann. Starkstrom ist so 'ne Sache. Aber zur Not hab' ich einen Kumpel, der …“

„Dir noch einen Gefallen schuldet und zufällig Elektriker ist", vollendete Alice den Satz.

Lars schniefte und grinste etwas schräg. Die Traurigkeit saß ihm noch in den Knochen. Aber er war schon wieder etwas durch die Nähe „seines" Vögelchens getröstet.

„Ich kuck einfach erst mal. Zur Not kannst du ja meinen Herd benutzen."

„Oder Butterbrote essen."

Alice ging bereits ganz selbstverständlich mit Nikolausi vor in die erste Etage. Irgendwie war ihm sein Hund auch nicht mehr so ganz treu, stellte Lars etwas angefressen fest. Na ja, wie der Herr, so's Gscherr …, haben sie sich halt beide in das Feuervögelchen verkuckt.

„Nicht erschrecken, Lars, ich habe noch Besuch."

„Ach, Herrenbesuch? So spät noch?"

„Ja, so spät. Aber der Herr ist sehr vertrauenswürdig!", hörte er Alice aus ihrer Diele herausrufen.

Na, toll! Wer war der Typ? Der Typ, der gerade SEINEN Hund streichelte, welcher sich vor ihm auf dem Boden rekelte, der Typ, der bei SEINEM Mädchen – na ja, konnte man doch jetzt schon vorsichtig sagen? – in der Bude herumdrückte?

„Der Typ" war blond wie er selbst, groß wie er selbst und er hatte die gleichen grünen Augen wie er selbst. Und als er ihm in genau diese Augen blickte, denn „der Typ" richtete sich gerade langsam, fast vorsichtig auf und schaute ihn dabei unverwandt an, setzte sein wehes Herz einmal mit dem Schlagen aus und alles um ihn herum entfernte sich und es wurde still und dunkel und hell zugleich. Denn da stand sein Kind vor ihm. Ein großer, schlaksiger junger Mann, in dem er sofort seinen Jas erkannte.

Lars legte seine Hand vor seinen Mund, mit ungläubigem Blick im Gesicht, und die Tränen kamen schon wieder zurück. Alice stand daneben, Nikolaus ebenfalls, wedelnd, und er spürte, dass hier gerade etwas Besonderes zwischen den Zweibeinern geschah. Wenn auch schon wieder, ohne dass sie sich gegenseitig wer weiß wo beschnüffelten.

„Wie kommst du …? Seit wann …? Was hat sie da wieder …?"

„Alice ist weltklasse!", sagte da sein Sohn mit einem großen Lächeln.

Dann schwiegen beide. Gingen aufeinander zu. Lars umfasste Jaspers Gesicht mit seinen großen Händen und sah ihm in die Augen.

„Du Heulsuse!", sagte der Vater zum Sohn.

„Alter, was willst du von mir?"

Die beiden lachten und weinten. Als sie sich endlich umarmten, flossen bei Alice die Tränen und nie hat das Weinen ihr so viel Freude bereitet wie in diesem Moment. Vater und Sohn in einer innigen Umarmung vereint, der Hund aufgeregt und freudig danebenstehend und sich dann dazwischendrängend.

Lars heulte wie ein Kind. Jasper weinte stumm und ein ums andere Mal strich Lars über das Gesicht seines Jungen. Wie lange hatte er sich danach gesehnt, wie lange hatte er diesen Menschen schmerzhaft vermisst. Wie hatte er das nur alles zulassen können damals? Wie viel Zeit wurde ihnen gestohlen. Aber jetzt war er ja da, sein Jas, sein Keks, wie er ihn immer etwas albern genannt hatte.

Nikolaus wurde es jetzt doch langsam zu öde. Wo blieb eigentlich sein Leckerli? Erwartungsvoll hatte er sich vor dem Küchenschrank postiert. Alice verteilte Taschentücher, schnäuzte selbst in eines und sagte undeutlich:

„Und wann kuckst du jetzt endlich nach dem Herd? Alles muss frau selber machen!"

Und natürlich bekam Nikolausi jetzt erst einmal ein Gutsi, ein Leckerli – na, was zu fressen außer der Reihe eben. Und einen Kauknochen. Er sollte ja auch nicht leben wie ein Hund.

Stunden später waren die Butterbrote gegessen, die Alice vorbereitet hatte, waren die Jungs mit dem Hund raus und Bierchen holen und alle, inklusive Nikolaus, hatten sich auf Alices Zweitsofa, das etwas moderner und größer ist als das ihrer Uroma, gequetscht, den Baum betrachtet und einander an der Hand gehalten, im Arm …, wie es gerade auskam. Jasper ist aus dem Alter heraus, in dem ihm das peinlich sein könnte. Er ist ein sensibler Kerl, dem spätestens heute bewusst geworden war, wie sehr er seinen Papa vermisst hatte. Er nennt ihn auch noch Papa. Vorsichtig erst, dann wieder ganz vertraut und auch ein wenig mit Stolz. Zum Elternkriegen ist man eben nie zu alt.

*

Marei ist sehr beschäftigt, auf sie prasseln tausend neue Eindrücke und Informationen ein. Aber es macht ihr Spaß, hier zu sein. Und obwohl eigentlich jede Minute ausgefüllt ist, schleichen sich immer wieder Gedanken an Jasper in ihren Kopf. Mit Herzklopfen denkt sie an den blonden Typen mit dem Strubbelhaar und den blitzenden grünen Augen.

*

Kim Shima hat sein „Business" erledigt und beabsichtigt, morgen noch ein wenig die Stadt zu erkunden.

*

Patrick Wirtz legt die Brosche seiner Großmutter in ein Schmuckkästchen. Vielleicht wird er sie irgendwann Johanna schenken. Vielleicht, wenn sie bereit ist, mit ihm in das Haus weit vor den Toren der Stadt zu ziehen. Wo sie ihre Ruhe haben würden. Nur sie beide. Wo sie niemand störte. Oder nur selten. Er legt jedenfalls keinen Wert auf Besuche oder Freunde.

Den Schlüssel zu seiner Wohnung hat sie bereits. Die Erfüllung seines Traumes ist zum Greifen nahe. Zufrieden streicht er sich mit beiden Händen über sein Haar, um seinen Scheitel in Ordnung zu bringen.

23

Dezember

Wie so oft ist auch jetzt das Wetter kurz vor Weihnachten noch einmal umgeschlagen. Lars wird vom
Geräusch des Regens geweckt, der gegen das Fenster und irgendwo auf das Kunststoffdach einer Per-
gola plöckert.

Der beruhigende Sound passt zu seiner Stimmung. In ihm herrschen absoluter Friede und Glück,
Seligkeit und überbordende Liebe. Weihnachten ist
jetzt bereits wunderbar, obwohl es laut Datum noch
gar nicht so weit ist. Auch wenn sein Kindlein kein
Baby in der Krippe ist, so hat er doch das Gefühl,
dass ihm noch einmal sein Sohn geboren wurde,
dass die frohe Kunde nicht nur leeres Geschwätz ist
und nun endlich Frieden herrscht – wenn nicht auf
Erden, so doch in seinem Mikrokosmos.

Mit einem glücklichen Lächeln schläft er noch
einmal ein.

*

Heute wird ein geschäftiger Tag: Kim Shima will die
Stadt unsicher machen. Marei wird volles Programm
in ihrem Seminar haben und sich abends mit Jasper
treffen. Patrick Wirtz und Johanna Seiters wollen ge-

meinsam Einkäufe erledigen. Die Guntermanns und Alice müssen sich ebenfalls ins Einkaufsgetümmel stürzen. Marianne Wiegand hat vor, Walters Grab zu besuchen und ein Adventsgesteck daraufzustellen.

*

Jasper und Lars sitzen noch beim Frühstück und genießen das Beisammensein. Dann muss Niko vor die Tür und außerdem hatte Lars Alice versprochen, mit ihr einkaufen zu gehen. Für heute Abend hat sie ein Abendessen mit ihren Nachbarn und jetzt natürlich auch mit Jasper geplant und alle sollen etwas beisteuern, Essen, Getränke, Warmes, Kaltes – ganz egal. Hauptsache, alle werden satt und alle sind zusammen. Lars wird seinen Spezialglühwein, Candeel und Kinderpunsch beisteuern, außerdem „die besten Frikkas des Universums". Jasper freut sich schon, an die Frikadellen kann er sich nämlich noch gut erinnern. Alice hat sich selbst für eine Suppe und Kartoffelsalat eingeteilt, die Guntermanns sind „die Süßen" und werden Kuchen und Desserts mitbringen.

Und so sind denn alle in Vorfreude und Vorbereitungen, müssen noch hierhin und dahin sowieso und haken Listen ab und und und.

*

Bei den Guntermanns wuseln alle durcheinander. Die Kinder sind erst halb angezogen, Steffen zieht „noch eben schnell" die Winterreifen auf, weil er das bisher immer vor sich hergeschoben hat oder schieben musste, denn der Job und der übliche Wahnsinn bieten einem auch nicht mehr als die üblichen 24 Stunden pro Tag.

Lars und Jasper hängen eh gerade im Hof herum, weil Lars seinem Sohn das Motorrad präsentiert. Bald sind in Teamarbeit die Reifen abgehakt und dann gibt es noch ein wenig Jungsgespräche über Fußball und Motorisiertes.

„Ich hatte früher mal 'ne Vespa", sagt Steffen verträumt und erntet die zweistimmige Antwort:

„Das ist doch was für Huschen!"

Und so stünden sie wohl noch bis Heiligabend dort, wenn die Frauen und Kinder sie nicht zur Eile antreiben würden.

Kurze Zeit später trudeln alle im Supermarkt ein, treffen dort auch noch Nina, Lilian und Pia mit den Kindern, es gibt ein gegenseitiges Vorstellen und Lachen und Plappern und dann zieht die ganze Meute los, um sich gegen den Hungertod, der jedes Jahr um die Weihnachtszeit herum droht, zu wappnen.

*

Johanna und Patrick sind bereits in den Gängen des Edeka Marktes unterwegs. Sie haben sich am Morgen gestritten, als sie die Einkaufsliste schrieben, denn Patrick findet das alles übertrieben. Warum muss man um Weihnachten so ein Aufhebens machen und so viel Geld fürs Essen ausgeben? Obwohl er alles mag und isst und auch gern viel, trotzdem man ihm das nicht ansieht, würde er sich auch mit Nudeln und Rührei oder Butterbroten zufriedengeben. Johanna sieht das ganz anders.

Aber gut, vor den Feiertagen sind eben alle gestresst und genervt, denkt sie. Eigentlich schade, sollte dies doch eine besinnliche Zeit sein. Davon ist hier natürlich nichts zu spüren.

Alice steht vor dem Weinregal und sucht nach ihrem Lieblings-Rioja. Und dann stehen auf einmal

Patrick und eine große, kräftige, dunkelhaarige Frau vor ihr. Patrick wirkt etwas schockiert.

„Oh, hallo Alice."

Alice ist erschrocken, lässt sich aber nichts anmerken.

„Guten Tag Patrick." Ihre Stimme ist so kühl wie das Eis der Schlittschuhbahn auf dem Weihnachtsmarkt.

„Das ist …"

„Johanna, nehme ich an? Guten Tag, Frau Johanna."

Johanna ist verwirrt. Wer ist diese Frau? Warum benimmt sie sich so seltsam?

„Johanna Seiters."

„Alice Faasen. Ich bin Ihre Vorgängerin."

„Vorgängerin?"

Patrick gerät ins Schwitzen.

„Alice war mal meine Partnerin", erklärt er hastig.

„Partnerin? Sie sind auch Immobilienmaklerin? Aber ich doch nicht."

„Nein, aber ich war die xte große Liebe Patricks. Bevor es Sie gab, natürlich, also so vor ein paar Wochen. Haben Sie schon Ihre Umzugskartons gepackt?"

„Alice, bitte, benimm dich doch nicht so albern." Nervös streicht sich Patrick übers gescheitelte Haar.

„Ach nein, Sie dürfen ja jetzt bestimmt nicht schwer tragen."

Inzwischen sind die anderen auch unter großem Hallo in die Weinabteilung vorgedrungen. Ninas Zwillinge Phil und Ben stoßen sich gegenseitig mit den Einkaufswagen durch den Gang, Lars lässt sich von Alices Freundinnen ein wenig ausquetschen und die Essenabfolge für abends wird mehrmals neu geplant und wieder verworfen.

„Wieso sollte ich ...?" Johanna ist komplett über-rumpelt.

„Wir müssen dann jetzt auch weiter!"

„Aber wir wollten doch noch den Wein aussu-chen, Patrick!", sagt Johanna und ihre Verwirrung ist so groß wie die Magnumflasche Champagner, die als Gewinn des Supermarktweihnachtslosverkaufs ausgelobt ist und hübsch drapiert in der Abteilung auf einer Säule steht.

Patrick will Johanna an der Hand weiterziehen.

Alice ist ganz ruhig. Dieser Mensch bedeutet ihr nichts mehr. Es ist ihr absolut unverständlich, wie sie auf ihn hereinfallen konnte, seine Art ertragen konnte und die ewigen Streitereien und Erklärungen und Diskussionen, kurz gesagt: Wie sie sich hat zwei Jahre von ihm hat stehlen lassen können! Und seine blöde gestelzte und gönnerhafte Art geht ihr mäch-tig auf den Keks.

„Sie trinken Alkohol während Ihrer Schwanger-schaft? Das erlaubt Patrick Ihnen? Oha!"

Alices Freunde stehen mittlerweile hinter ihr und beobachten die Szene. Oder sollte man es Show-down nennen?

Johannas Kinnlade ist heruntergefallen.

„Welche Schwangerschaft?"

*

Kim Shima hat sich gleich neue Freunde in der Brau-erei Füchschen gemacht. Dass er versehentlich am Stammtisch von Friedhelm Weber und seinen Freun-den Platz genommen hat, konnte er nun wirklich nicht wissen. Dass er aber dort sitzen bleibt, ob-wohl die Stammtischler und die Bedienung ihn bit-ten, sich an einen anderen Tisch zu setzen, an dem ein Platz frei geworden ist, führt zu einigem Unmut.

Das Altbier schmeckt ihm und von diesem Tisch aus hat er einen guten Überblick über den Gastraum.

Nur mit Mühe kann er dazu bewegt werden, umzuziehen, ein spendiertes Alt hilft da.

Allerdings trinkt er mehrere Alt und isst auch die berühmte Roulade wie bei Muttern. Als er, ohne zu zahlen, seinen Stadtrundgang fortführen will, kommt es zu einem kleinen Tumult.

Aber er war doch eingeladen! Die Bedienung und Friedhelm und seine Mannen sehen das ganz anders.

Kim Shima ist leicht neben der Spur, also mehr als sonst, denn das Altbier ist ihm zu Kopf gestiegen. Warum sind die Deutschen so kompliziert? Man versteht ihre Fahrkartenautomaten nicht, in der Bahn riecht es nach Cheise, sie sind nicht großzügig – er freut sich nun doch auf seine Rückreise.

Leicht zerzaust und schwankend geht er doch lieber zurück ins Hotel.

Friedhelm Weber und seine Stammtischkumpane schütteln immer noch die Köpfe über diesen merkwürdigen Chinesen. Erst am Stammtisch breitmachen und dann auch noch die Zeche prellen wollen! Da haben sie ihm aber gezeigt, wo der Bartel den Most holt!

Ach ja, Weihnachtsfrieden!

*

Àpropos Weihnachtsfrieden. Was geschieht im Supermarkt?

Phil und Ben haben, ganz Kinder ihrer Generation, der „Digital Natives", ihre Handys gezückt und filmen das Geschehen.

„Wie kommen Sie darauf, dass ich schwanger bin?", fragt Johanna gerade Alice.

Alle sind gespannt auf die Antwort und auf die weiteren Reaktionen.

Patrick Wirtz' Miene hat sich immer mehr verdüstert. Wer ist er, dass ihm seine von Neid und Missgunst zerfressene Ex hier bloßstellen will?

„Alice, ich sage es dir im Guten: Hör jetzt auf. Sicher bist du enttäuscht und traurig, dass du wieder eine gescheiterte Beziehung hinter dir hast. Aber das ist doch kein Grund …"

Alice hebt lediglich die Augenbraue und mustert ihn.

Lars' Nackenhaare stellen sich auf, dieser gescheitelte Schwätzer geht ihm unsäglich auf die Nerven. Und außerdem soll er ja nicht wagen, sein Vögelchen hier weiter blöd zu behandeln.

Nina, Lilian und Pia beobachten mit fasziniertem Entsetzen und leichtem Amüsement diese Begegnung. Ein Glück, dass Alice diesen Spinner los ist!

„ICH habe WIEDER eine gescheiterte Beziehung hinter mir? Diese Beziehung ist nicht gescheitert, sie war einfach nur komplett BESCHEIDEN. Nein: BESCHISSEN! Und dann gehst du auch noch hin, nach deinem feigen Abgang, und trittst nach! Und das auch noch offenbar unter Zuhilfenahme einer Lüge! UND auf Kosten deiner neuen ‚Partnerin'. Du pedantische Pissnelke, du, du – wie hieß das böse Wort noch mal, Lars?"

Lars beugt sich etwas vor und souffliert ihr mit einem Bühnenflüstern „Sicker!" ins Ohr.

„Du Sicker! Du widerwärtiger Scheitelschlumpf!"

Da brechen alle in Gelächter aus. Außer Patrick und Johanna natürlich. Johannas Welt ist gerade dabei, ins Wanken zu geraten. Patricks Hand hat sie längst losgelassen.

Patricks Gesicht ist hochrot angelaufen, er spuckt Gift und Galle. Seine freundlich-herablassende Art ist seinem anderen Ich gewichen.

„Das muss ich mir von dir nicht bieten lassen! Du frustrierter Feuerkopf! Ich habe auch ein Anrecht darauf, glücklich zu sein! Auch wenn es nicht mit dir ist. Vielleicht findest du ja auch noch mal einen feinen Mann, mit dem du glücklich wirst …", salbadert er weiter.

Johanna ist aus ihrer Schockstarre aufgewacht. Dieser Mensch hier neben ihr ist also nicht nur wochenlang offensichtlich zweispurig gefahren, sondern hat auch noch sozusagen auf ihre Kosten gelogen? Warum? Und: Wie soll sie ihm jemals noch einmal vertrauen? Und dieses Gesicht, das er hier gerade offenbart, ist ihr nicht nur nicht geheuer, es stößt sie im höchsten Maße ab. Und es untermauert ihr schlechtes Gefühl, das sich ob der Streitereien und Diskussionen, die sie bereits mit ihm gehabt hat, in ihr festsetzte.

Patrick ist nun ganz nah an Alice herangetreten und kleine Speicheltropfen fliegen vor ihrem Gesicht. Angewidert verzieht sie es.

Lars kann nicht mehr an sich halten. Er tritt einen Schritt vor.

„Alter, zieh dir das alles rein!", ruft Ben begeistert seinem Zwillingsbruder ins Ohr, der, ebenfalls feixend, sein Handy in die Höhe hält, um auch ja alles filmen zu können. „Geil, Alter, so geil!"

„Weißt du, was ich immer schon mal machen wollte?", fragt Lars gerade. Sowohl Alice als auch Patrick sehen ihn fragend an. „Das hier!" Und dann zerzaust und zerstrubbelt er Patricks Scheitel.

Die Stimmung der anderen ist nicht mehr zu toppen! Alle johlen und lachen und feuern Lars an.

Patricks Wut hat sich in einen seiner cholerischen Anfälle gesteigert. Mit fast lila angelaufenem Kopf geht er auf Lars los, die schmalen Lippen zu einem blassen Strich verkrampft.

Lars gibt ihm einen einzigen, festen Stoß und der derangierte Exfreund seines Vögelchens fällt mit Karacho gegen die Stele mit der Champagnerflasche darauf.

Alice beugt sich über den am Boden liegenden Patrick und sagt:

„Und jetzt geh mir für immer AUS DER AURA!" Das Letzte schreit sie, es klingt ein wenig wie ein Papagei, der laut „Lora!" krächzt. „Und das hier", deutet Alice auf das Chaos aus Scherben und prickelnder Flüssigkeit, „kannst du ja mit deiner Haftpflicht regeln."

*

Jetzt sind alle in Alices Wohnung damit beschäftigt, die Fressalien zu drapieren oder aufzuwärmen oder kaltzustellen, Getränke zu verteilen, den Baum zu bewundern, den aufgeregt wedelnden Nikolaus zu herzen, Alice und Lars mit freudigem Lächeln dabei zu beobachten, wie sie verliebte Blicke wechseln, einander küssen und strahlen wie zwei Suchscheinwerfer.

Marei ist ebenfalls spontan eingeladen worden, morgen reist sie wieder zurück. Seit ihrem Kennenlernen schreiben Jasper und sie sich verliebte Textnachrichten oder telefonieren.

Jetzt sitzt sie hier inmitten dieser Meute, an einem langen Tisch, der sich von den ganzen gefüllten Schüsseln und Platten fast biegt, bekommt ein Glas Glühwein in die Hand gedrückt und fühlt sich so wohl wie lange nicht mehr. Ihre blonden langen Locken lassen sie wie einen Rauschgoldengel aussehen, sie trägt eine elfenbeinfarbene Rüschenbluse zur Jeans und Jasper hat Herzchen im Blick, wenn er sie ansieht. Friederike steht mit roten Bäckchen, großen Augen und offenem Mund vor ihr:

„Bist du das Christkind?"

Marei ist gerührt. Wie süß diese kleine Maus ist! Sie nimmt sie auf den Schoß.

Und irgendwann sitzen alle am Tisch, Marianne Wiegand ist natürlich auch dabei, sie hat zwei Flaschen Sekt und Blumen mitgebracht. Alle lassen noch einmal den „Showdown" im Supermarkt Revue passieren, alle lachen über Patricks zerstrubbelte Frisur und ein ums andere Mal lassen die Jungs „Lora" auf ihren Handys spielen, bis es ihrer Mutter zu bunt wird und sie ihnen auch strengstens untersagt, den Film auf YouTube zu stellen.

Für Sina dürfen sie allerdings etwas filmen, Alice und Lars wollen ihr das Filmchen später senden und sie auf diesem Weg an ihrem Glück und vor allem an der Wiedersehensfreude mit Jasper teilhaben lassen.

Was für ein schöner, langer und feuchtfröhlicher Abend!

Lilians, Ninas und Pias Männer Timo, Peter und Matthias führen mit Steffen, Lars und Raul, den sie, zusammen mit seiner Freundin Olympia, einer Griechin, auch eingeladen haben (schließlich hat er an Nikos Rückkehr einen nicht unerheblichen Anteil), Jungsgespräche.

Die Frauen reden über Frauenkram und später dreht Lars die Musik laut und alle tanzen. Außer Phil und Ben, denen das zu peinlich ist, sie albern lieber mit Zoe herum. Auch Augusta und Friederike tanzen, bis sie hundemüde auf der Couch einschlafen.

Hartmut ist zufrieden mit dieser Weihnachtsfeier und lächelt vom Baum herab.

Nikolaus schnarcht im Schlafzimmer vor dem Bett. Hier ist es weniger trubelig und vor allem nicht so warm. Er findet Lars' Frikkas übrigens auch saulecker. Aber das weiß außer ihm nur Alice.

Alice ist jetzt auch sehr müde. Und sehr glücklich.

Im Gegensatz zu Patrick und Johanna.

24
Dezember

Es ist noch dunkel, als Alice aufwacht. Draußen ist es still. Neben ihr nicht. Sie hört leises Schnarchen. Von Lars.

Er war zwar mit Jasper und Nikolaus runter in seine Wohnung gegangen, aber kurz darauf stand er, im Pyjama, der bei ihm aus Boxershorts und einem durchlöcherten T-Shirt mit irgendeinem Bandmotiv darauf besteht, nach Zahnpasta riechend und mit Plüschaugen vor ihrer Tür. Sie war gerade aus dem Bad gekommen und wollte sich, endlich, endlich, einfach in Morpheus' Arme sinken lassen, als sie es klopfen gehört hatte.

Doch dieser „Störenfried" war ihr nur allzu willkommen gewesen. Durch den ganzen Trubel der vergangenen Tage hatten sie kaum Zeit füreinander gehabt. Und Alice, das hatte sie endlich widerstrebend zugeben müssen, war nun hoffnungslos verliebt in ihren Nachbarn. Sie hatte es sich nicht eingestehen wollen. Zu sehr schmerzte noch die Vergangenheit, war ihr Vertrauen in einen neuen Mann in ihrem Leben noch mehr als schwach und ängstlich. Aber wie sollte es ohne Vertrauen jemals weitergehen in ihrem Liebesleben? Die Alternative wäre gewesen, für immer alleine zu bleiben. Und das wünscht sie sich nun auch nicht, hatte es auch nie gewünscht. Trotzdem, sie mag es nicht, von einer Liebe zur anderen zu gaukeln, und das im Turbogang. Andererseits kann man es sich nicht aussuchen, wann und ob die Liebe ans Türchen klopft. Und Lars und sie können es ja einfach langsam angehen lassen. Überstürzte Aktionen sind ohnehin noch nie ihr Ding gewesen.

Und jetzt liegt er neben ihr und sie ist glückselig. Und fühlt sich einfach nur entspannt, gut, verliebt, geliebt, geborgen. Eng aneinander gekuschelt waren sie eingeschlafen. Hatten einander vorher die Gesichter gestreichelt, einander geküsst und ihre Hände ein wenig auf die Reise am Körper des anderen geschickt.

„Ich bin so was von verliebt in dich, Alice", hatte Lars ernst gesagt und ihr dann die Stirn geküsst. „Du und Jasper seid meine schönsten Geschenke in diesem Jahr und überhaupt in meinem Leben. Bitte lass uns vorsichtig miteinander umgehen, ich will dich nicht mehr verlieren."

„Ich dich auch nicht, Lars", hatte sie geflüstert und dann waren beide irgendwann eingeschlafen.

Und auch jetzt schläft Alice wieder ein, dicht an Lars' Körper gekuschelt, der es im Halbschlaf lächelnd wahrnimmt und bereitwillig seine Armbeuge als Ruhekissen für ihren Kopf anbietet.

*

Der Morgen graut herauf. Jasper wird wach, stellt grinsend fest, dass Lars noch bei Alice weilt, geht kurz ins Bad und dann mit Nikolaus Gassi.

*

Marei wird heute wieder gen München abreisen. Zu Silvester wird Jasper vielleicht zu ihr nach München kommen. Oder sie hierher, sie sind noch unschlüssig. Vielleicht, vielleicht wird sie das Praktikum und auch ihr Studium nach Düsseldorf verlegen, aber das ist noch sehr zarte Zukunftsmusik.

Amors Pfeil hat jedenfalls sie beide heftig getroffen. Zu blöd, dass er ausgerechnet nun von Bayern an den Rhein ziehen will. Aber sie ist unabhängig und könnte sich auch vorstellen, hier zu leben. Zumindest für eine Weile.

*

Johanna hat eine Tasche gepackt und ist auf dem Weg zu ihren Eltern nach Würzburg. Nur weg hier! Was für eine furchtbare Szene im Supermarkt das gewesen und welchem furchtbaren Typ sie da auf den Leim gegangen war!

Zum Glück hat sie ihre Wohnung noch nicht gekündigt. Und ist nicht schwanger, obwohl Patrick von seinem Kinderwunsch sprach und sie überglücklich gewesen war, dass sie nicht nur einen Mann, sondern sogar einen mit ernsthaften Absichten gefunden hatte. Aus, der Traum!

Aber lieber ein Ende mit Schrecken als ein Schrecken ohne Ende. Nun fährt sie in den Schoß der Familie, ihre Mutter hat sie mitfühlend am Telefon getröstet und sie solle dann doch einfach statt am zweiten Weihnachtstag schon zu Heiligabend zu ihnen kommen. Ihr Jugendfreund Sven sei auch zu Besuch bei seinen Eltern. Da wäre es doch vielleicht nett …?

So weit will Johanna nicht denken. Aber sie freut sich trotzdem auf ihre Familie, auf Sven, auf ihre alten Freundinnen. Das Autoradio spielt "Driving home for Christmas".

*

Patrick ist immer noch wütend, aber überlegt bereits, wie er nun weiter verfahren soll. Ja, verfahren. Es ist sein unbedingter Wunsch und Wille, in einem Haus auf dem Land zu wohnen, mit einer Partnerin und gern mit Kind und vor allem: mit Ruhe vor der Welt. Er könnte seinem Job nachgehen und seine Frau sich um Haus und Hof und Kind kümmern. Sie wären einander genug.

Jetzt sitzt er am PC und erstellt ein Profil für „ok cupid". Immerhin kann er sich hier erst einmal kostenlos registrieren und sich von interessierten Damen liken und anschreiben lassen. Schließlich muss er sein Geld zusammenhalten. Zum kostenpflichtigen Parship kann er dann immer noch wechseln, wenn hier nichts funzt.

*

Der Heiligabend-Abend bringt neuen Regen. Alice, Lars, Jasper und Marianne aber stört das nicht. Sie sitzen in Lars' Wohnung am großen Tisch und lassen sich Wildgulasch, Rotkohl, selbstgemachte Knödel und Rotwein schmecken. Als Dessert gibt es Espressoparfait.

Jasper verkrümelt sich später, um mit alten Freunden noch durch die Kneipen zu ziehen, die am 24. geöffnet haben.

Marianne zieht sich gegen halb zwölf zurück, der gestrige Abend steckt ihr noch in den Knochen. Sie freut sich sehr, dass Alice nun Lars und Jasper in ihrem Leben hat. Und Nikolaus natürlich. Im Wohnzimmer steht sie noch lange vor Walters Bild. Er lächelt sie an. Wie dankbar sie ist, ihn gehabt zu haben. Dann löscht sie das Licht und geht zu Bett.

108

Alice und Lars drehen eine letzte späte Runde mit Nikolaus. Arm in Arm gehen sie langsam durch die stillen Straßen. Durch die Fenster der Häuser sehen sie die beleuchteten Tannenbäume. Immer wieder bleiben sie stehen, um einander zu küssen.

„Frohe Weihnachten, mein Vögelchen."

„Frohe Weihnachten, mein Großer!"

Alice trägt Lars' Weihnachtsgeschenk, ein wunderschönes, altmodisches güldenes Armband, mit Granatsteinen besetzt, das er bei einem befreundeten Antikhändler zu einem fairen Preis erstanden hat.

Der war ihm nämlich noch einen Gefallen schuldig.

FROHE WEIHNACHTEN!

Ein weiteres Buch der Autorin

... erhältlich als E-Book und Taschenbuch, 580 Seiten, in allen bekannten Online-Shops sowie im Buchhandel bestellbar; ISBN: 978-3-74676-692-8

Kurzbeschreibung

Ilsa Eul ist freie Journalistin und Möchtegern-Buchautorin mit gebrochenem Herzen, leicht chaotisch und vordergründig nicht sehr erfolgreich im Leben. Stattdessen hat sie gern mal einen Fettnapf dabei. Vor allem, wenn sie laut denkt.

Ihr Chef, genannt "der Hyäne", schickt sie nach Hamburg. Dort soll sie für einen Reiseartikel recherchieren. Das tut sie auch. Nebenher lernt sie ihren heimlichen Schwarm, den Schauspieler Axel Wegner kennen. Hutträger und zehn Jahre älter als Ilsa. Und sehr charmant. Prompt verliebt sie sich in ihn. Und er sich in sie. Aber leider ist er verheiratet. Ilsas Ex-Freund Axel Rosen aus ihrer alten Heimat Korschenbroich taucht ebenfalls unerwartet in Hamburg auf. Seinerzeit hat er sie wegen einer anderen Frau verlassen. Nun liegt sein (Liebes-)Leben in Scherben und er will Ilsa zurückerobern. Dabei kommt er total ungelegen. Oder? Ein Hin und Her und Auf und Ab der Emotionen beginnt, und Ilsa weiß nicht mehr, wo ihr der Kopf steht. Dazu will sie ja so ganz nebenbei noch Karriere machen.

Weitere Protagonisten in Ilsas unaufgeräumtem Leben: ihre geliebte Oma, Kaii Komikaa, ein alternder Deutschrocker, der charmante Halbitaliener Cosimo und ihre Freundin Nina, genannt Schnucki, die einen Zyklopen kennen- und liebenlernt und damit Ilsas Weltbild ins Wanken bringt. Auch ein strahlend weißes, etwas schräges Ehepaar in spe, ein wildgewordener Osmane, eine liebeskranke Boulevard-Journalistin, ein vermeintlich tauber Hund und potenzielle Ersatzeltern nebst Bruder sowie plötzlich auftretendes Nasenbluten spielen eine Rolle in Ilsas Leben.

Doch eine Frage muss sie sich ganz alleine beantworten: Welcher Mann bekommt die Hauptrolle in ihrem Herzen?